Sabine Kohlert
Fantasy-Märchen

Der rote Fluss

Ein fantastisches Märchen
von
Sabine Kohlert

KELEBEK VERLAG

Impressum:

Erstauflage © 2019 Neuauflage © 2022 Sabine Kohlert

Coverbearbeitung: Beate Geng

Lektorat Wörterwald: Kathrin Andreas

Kelebek Verlag Inh. Maria Schenk Franzensbaderstr. 6

86529 Schrobenhausen   www.kelebek-verlag.de

ISBN 9783947083541

Druck und Vertrieb BoD

Bibliografische Information der Deutschen
Nationalbibliothek

Die Deutsche Nationalbibliothek verzeichnet diese
Publikation in der Deutschen Nationalbibliografie;
detaillierte bibliografische Daten sind im Internet über
http://dnb.d-nb.de abrufbar.

Es war einmal

Es lebte einmal in einem Dorf, vor einem hohen Gebirgsmassiv, das Volk der Bartriesen. Bartriesen waren nicht einmal halb so groß wie normale Riesen. Sie waren nur zwei bis drei Köpfe größer als Menschen, hatten aber dennoch eine beeindruckende Gestalt.

Die Männer waren stämmige Kerle mit kürbisdicken Waden und Bäuchen so groß, dass man fast glauben mochte, sie trügen Weinfässer unter ihrem Wanst. Ihre langen dichten Bärte, die die rotbackigen Gesichter einrahmten, waren ihr ganzer Stolz und sie pflegten und hegten sie mit großer Hingabe.

Die Bartriesenfrauen waren hübsche Erscheinungen mit zarten Schultern, aber enormen Hinterteilen, für die sie zwei Stühle brauchten, um bequem sitzen zu können. Ihr Haar trugen sie zu wuchtigen Turmfrisuren geformt, die ihnen in der Mittagshitze Schatten spendeten.

Bartriesen waren gutmütige Kreaturen. Sie liebten es einfach und ruhig, freuten sich über eine gute Suppe und scheuten Neues und Abenteuer wie der Efeu das Licht.

Aber da Ausnahmen von der Regel immer das Salz in der Suppe sind, sogar in der Suppe von Bartriesen, gab es auch in diesem Volk einen Bartriesen, der ein wenig anders war als seine Artgenossen.

Barthamiel und Lichtina

»Barthamiel Basalter Schieferling Brocken.«
Wenn seine Mutter ihn mit dem ganzen Namen rief, hatte das nichts Gutes zu bedeuten. Barthamiel trabte in die Wohnstube und schielte zu seiner Mutter, die hinter ihrem Suppenkessel stand und hektisch darin herumrührte. Ihre Gesichtsfarbe hatte ein zorniges Violett angenommen und ihre rotblonde Turmfrisur wippte energisch im Takt des Rührlöffels.
»Der Kundschafter Schneuzer war gerade bei mir.«
Barthamiel zog den Kopf ein.
»Möchtest du mir irgendetwas sagen, Barthamiel?«, zischte sie ihn an.
»Es geht wohl um den roten Fluss«, murmelte Barthamiel ertappt.
Gardenie Brocken holte tief Luft, fuchtelte mit dem Löffel herum, dass es nur so spritzte, und donnerte los. »Bist du von allen guten Riesengeistern verlassen? Barthamiel, der rote Fluss, niemand darf diese Grenze überschreiten! Nur weil dein Bart schon zwanzig Zentimeter lang ist, denkst du, dass du dir alles erlauben kannst? Was geht nur in deinem Kopf vor sich? Es hätte deinen Tod bedeuten können.« Sie machte eine Pause und seufzte. »Vorerst hast du Stubenarrest, bis mir eine passendere Strafe einfällt oder dein Vater wieder zurück ist. Im Moment bin ich so wütend, dass ich nicht klar denken kann.«
Ungläubig starrte Barthamiel seine Mutter an. »Stuben-arrest? Bin ich nicht schon zu alt … ?«

»Wage es nicht, mir zu widersprechen, junger Mann«, unterbrach ihn seine Mutter funkelnd, bevor er den Satz beenden konnte. »Verschwinde, ich will dich heute nicht mehr sehen.«

Barthamiel schlurfte in seine Stube und warf sich auf sein Holzbett, das unter seinem Gewicht ächzend stöhnte. *Was für ein großer Mistkäfermist*, dachte Barthamiel ärgerlich. Er konnte einfach nicht verstehen, warum sich die Bartriesen so vor dem anderen Ufer des roten Flusses fürchteten. Als er vor ein paar Wochen das erste Mal dort war, war rein gar nichts passiert.

Weder wurde er vom großen Trübsinn erfasst, noch wurde sein Herz von der grauen Hand erdrückt, von der alle sprachen. Die eisige Kälte, die angeblich dort herrschte und ihn nach kurzer Zeit hätte erfrieren lassen sollen, war nur eine kühle Brise gewesen. Nichts von alledem stimmte, was die Alten erzählten. Der Wald dort war nicht gefährlich, er war wunderschön. Barthamiel liebte die Bäume, Sträucher und Gräser, die es auf seiner Seite nur spärlich gab. Auf der Seite der Bartriesen war alles trocken, felsig und heiß.

Auf der anderen Seite war es grün, saftig und frisch. Es gab die gleiche Luft, die er auch hier atmete. Gut, es gab viel Schatten, aber was sollte an Schatten schon schlimm sein? Warum musste Schneuzer auch gerade dann auftauchen, als er schon mitten im Fluss stand, um zu ihr zu gelangen? Was sollte er jetzt tun? Er hatte sie doch gerade erst kennengelernt. Bei dem Gedanken an Lichtina beruhigte sich sein Herz ein wenig und in seinem Magen wurde es warm wie nach einem Teller Steinpilzsuppe.

»Lichtina«, seufzte Barthamiel und sah sie in Gedanken vor sich. Lichtina war eine Staubelfe. Er hatte schon vor Jahren, durch Geschichten, von diesen kühlen Wesen ohne Flügel erfahren. Aber als er sie vor ein paar Wochen auf der anderen Seite des roten Flusses entdeckt hatte, war er von diesem Geschöpf fasziniert und restlos hingerissen gewesen. Sie war so ganz anders als Bartriesen. Er erinnerte sich noch genau an den Moment: Sie erschien ihm so leicht und durchscheinend von einem blassen Grau, über und über voll von zarten im Wind wehenden Fädchen. Ihre Augen waren groß und dunkel wie die Augen einer Eule bei Nacht und ihr Haar fiel wie ein langer Mantel, aus dem duftigen Netz von Radspinnen gewebt, fast bis zum Boden.

Als die Elfe ihn wahrnahm, huschte sie hinter eine dicke Eiche.

»Du bist eine Staubelfe, nicht wahr?«, hatte Barthamiel über den Fluss gerufen und seine Stimme dröhnte in einem tiefen Bass.

Die Staubelfe war zögernd hinter dem Baum hervorgekommen. »Und du bist ein Bartriese«, hatte sie geflüstert und verschwand tänzelnd hinter dem nächsten Gebüsch.

Barthamiel war begeistert. So etwas Schönes hatte er vorher noch nie gesehen. Von da an schlich er sich jeden Tag zum roten Fluss und hielt Ausschau nach ihr. Und sie kam.

»Ich heiße Lichtina«, hauchte sie ihm bei ihrem nächsten Treffen zu.

»Ich bin Barthamiel«, brummte er möglichst leise und vorsichtig zurück.

»Was für ein passender Name«, kicherte sie lieblich, »bei diesem äußerst stattlichen Bart, den du trägst. Du gefällst

8

mir. Auch deine feuerroten Haare. Bei uns heißt es, Bartriesen seien hässlich und dick. Ich finde, du siehst stark und kräftig aus und du hast ein freundliches Gesicht. Ich mag es, wenn deine Nase rot in der Sonne leuchtet und dein grüner Rock erinnert mich an frisches Moos.«

Barthamiel fühlte, wie seine Nase noch dunkler wurde. Sie mochte ihn! »Ich finde, du bist wunderschön«, gab er ihr tönend zurück. »Uns wird erzählt, Staubelfen seien fade, graue, traurige Staubfusseln, die unstet herumhuschen würden. Aber du bist das Luftigste und Zarteste, was ich bisher gesehen habe.«

»Ich darf nicht über den Fluss«, hatte Lichtina betrübt zu ihm hinübergeflüstert. »Dabei würde ich dich so gerne einmal aus der Nähe betrachten.«

»Mir ist es auch verboten, den Fluss zu überqueren«, gab Barthamiel trotzig zurück. »Sag, macht dir der Trübsinn auf eurer Seite nichts aus? Du hast so rein gar nichts von einer traurigen Gestalt«, wollte er noch von der hübschen Elfe wissen.

Erstaunt ließ sich Lichtina am Flussufer auf einem Mooskissen nieder. »Wie kommst du darauf, dass es hier trübsinnig sei?«

»Das ist es, was sie uns erzählen«, antwortete Barthamiel. »Sie sagen: Geh nie über den Fluss. Dort herrscht Kälte und Trauer. Dort drüben wirst du von einer Krankheit befallen. Sie macht dich schwermütig und schwach. Erst werden deine Gedanken ganz düster und dann stirbst du vor Kummer oder du erfrierst.«

Lichtina schüttelte entsetzt ihre Fädchen. »Nein, ich lache genauso wie du. Auf dieser Seite ist es vielleicht ein wenig dunkler und kühler, aber das liegt an den Schatten der großen Bäume. Die Sonne macht uns schwer zu schaffen. Staubelfen können in ihr verbrennen. Das ist auch der Grund, warum wir nicht zu euch über den Fluss dürfen. Bei euch scheint die Sonne fast den ganzen Tag. Auf eurer Seite würden wir die Gefahr schnell vergessen, da wir uns von eurem Übermut und eurer Sorglosigkeit anstecken ließen. Leichtsinn würde uns überfallen und wir würden uns ausgelassen in einen heißen Tod stürzen.«

Barthamiel hatte sich unterdessen auf einen alten Holzstumpf gesetzt. Bei den Worten der Elfe machte er ein finsteres Gesicht. »Das ist es, was sie über unsere Seite erzählen?«, brummte er ungehalten. »Hier mag es zwar ein wenig heißer als auf deiner Seite sein, aber die Sonne brennt einem nicht die Gedanken weg. Auch übermütig bin ich nicht und ein Draufgänger schon gar nicht.«

Lange Zeit schweigend saßen sich die beiden jungen Wesen am Fluss gegenüber. Nach einer Weile flüsterte Lichtina ungläubig: »Warum erzählen dein und mein Volk diese Dinge?«

»Ich weiß es nicht, aber ich werde es herausfinden«, polterte Barthamiel. Und mit diesen Worten stand er auf und stapfte mit schweren Schritten entschlossen durch den Fluss. Als er vor Lichtina stand, schauderte ihn ein wenig, aber das lag nicht an der Kälte der anderen Seite, sondern an dem Gefühl, vom eigenen Volk betrogen worden zu sein.

In den folgenden Tagen und Wochen zeigte Lichtina ihm ihre Seite des Waldes. Versteckt hinter einer großen Brombeerhecke sah Barthamiel zum ersten Mal die silberglänzenden Behausungen der Staubelfen hoch in den

Bäumen. Wie zarte Kokons von Schmetterlingen hingen sie zwischen den Ästen.

»Warum heißt ihr eigentlich Staubelfen?«, wollte er einmal von ihr wissen. »Ihr seid doch gar nicht staubig und auch im Wald gibt es gar keinen Staub, oder?«

Lichtina nickte. »Das stimmt. Ursprünglich waren wir auch keine Waldbewohner. Staubelfen lebten vor langer Zeit unter den Menschen. Wir arbeiteten für sie. Wir putzten und hielten ihre Häuser sauber. Eigentlich hießen wir *Das graue Volk*. Aber die Menschen gaben uns den Namen Staubelfen. Wir gingen irgendwann, aber der Name ist geblieben.«

Barthamiel wusste genau, was Lichtina meinte. Er nahm ihre Hand. »Warum hat sich dein Volk von den Menschen zurückgezogen? Hatten sie auch Angst vor euch?«

»Nein, Angst hatten sie nicht. Sie wurden überheblich, haben uns schlecht behandelt und unsere Arbeit wurde für sie selbstverständlich. Sie schätzten nicht mehr, was wir für sie taten.« Lichtina fühlte plötzlich eine Verbundenheit mit Barthamiel, sie spürte, dass die Bartriesen ein ähnliches Schic-sal erlitten hatten. »Und warum lebt ihr so weit entfernt von den Menschen? Das war nicht immer so, oder?«

»Die Menschen fürchteten sich vor uns«, gab Barthamiel schnaubend zur Antwort. »Unsere Größe, unsere Stärke und unsere doch oft sehr laute Art schüchterten sie ein. Sie mieden uns, grenzten uns aus und schließlich machten auch einige Jagd auf uns. So gingen wir und fanden hier einen Platz am Fuße des Berges, wo es rau und heiß ist und sich kaum ein Mensch hin verirrt. Dieser Teil des Waldes wurde unsere Heimat. Das ist die Geschichte der Bartriesen.«

11

Die beiden Wesen sahen sich lange in die Augen. Ihre Völker hatten sich beide von den Menschen abgewandt und in die Abgeschiedenheit zurückgezogen. Warum wollten sie auch keinen Kontakt untereinander? Sie teilten doch ein ähnliches Los. Was war nur geschehen?

Lichtina führte Barthamiel zu ihrem Lieblingsplatz, einer Lichtung, auf der die Sonne ihre Lichtstrahlen tanzen ließ. »Manchmal strecke ich meine Füße in die Sonne. Sie ist warm und es fühlt sich wohlig an.« Lichtina seufzte. »Wenn Vater das wüsste, oh, das gäbe riesigen Ärger. Du weißt ja!« Sie schaute Barthamiel offen an und fügte hinzu: »Es ist uns verboten, in die Sonne zu gehen.«

Die beiden spazierten oft zwischen den großen Bäumen, schwatzten und lachten, manchmal gingen sie einfach nur still nebeneinanderher. Barthamiel genoss Lichtinas Nähe und das Kribbeln in seinem Bauch, von dem er nicht so recht wusste, was es zu bedeuten hatte. Ihn fror überhaupt nicht, ganz im Gegenteil. In ihrer Nähe war Barthamiel immer warm zumute. Auch hatte er keine trüben Gedanken. Seine Laune war blendend, wenn sie zusammen waren. Dass er in ihrer Nähe öfter niesen musste, machte ihm nichts aus. Er genoss es sogar, wenn ihre Fädchen ihn in seiner Nase kitzelten.

Und dann erwischte der Kundschafter ihn heute Morgen, als er versuchte, den Fluss zu durchqueren. Barthamiel rollte von seinem Holzbett. Bestimmt wartete Lichtina noch immer auf der anderen Seite. Womöglich dachte sie, er wolle sie nicht mehr sehen? Dem jungen Bartriesen wurde es ganz elend zumute. Vielleicht konnte er sich im Schutz der Dunkelheit zu ihr schleichen?

12

Doch wie sollte er Lichtina dann finden? Während er noch darüber nachgrübelte, musste er plötzlich heftig niesen. Etwas kitzelte ihn an seiner Hand und als er herumfuhr, stand da Lichtina und lächelte ihn an.

»Ich habe dich heute Morgen gesehen. Der andere Bartriese sah ziemlich wütend aus.«

»Das war Schneuzer«, antwortete Barthamiel ziemlich verdattert. »Wie kommst du hierher?«

Lichtina kicherte. »Durch den Fluss.«

»Und die Sonne? Du hattest doch so große Angst vor der Sonne auf unserer Seite? Und warum bist du nicht nass?«, fragte Barthamiel, der immer noch nicht glauben konnte, dass Lichtina vor ihm stand.

»Ich wollte dich sehen«, antwortete Lichtina. »Die Sonnenstrahlen waren warm und nicht heiß. Die Sonne hat etwas Unglaubliches mit mir gemacht. Ihre warmen Strahlen haben erst meine Fädchen getrocknet und mich dann zum Schweben gebracht. Und da du mir dein Haus schon so oft beschrieben hast, bin ich einfach hierher zu dir in deine Stube geflogen. Kannst du dir das vorstellen? Die Sonne hat gemacht, dass ich fliege!«

Barthamiel sah aus, als hätte er einen Felsbrocken an den Kopf bekommen. Sein Mund stand vor Staunen offen. »Du kannst fliegen?«

Das Elfenmädchen nickte und tanzte vor ihm auf und ab. Barthamiel riss Lichtina vor Freude in seine Arme und hob sie hoch. Er nieste kurz und dann küsste er sie leidenschaftlich auf den Mund.

Lichtina stutzte, sah an sich hinunter und küsste ihn dann begeistert zurück.

»Ha«, lachte sie, »und zu Staub zerfalle ich auch nicht.«

»Wieso solltest du?«, fragte Barthamiel irritiert und schob die Elfe ein Stück von sich.

»Das ist auch so eine Sache, die sie uns erzählen: Küsse niemals einen Bartriesen, sonst zerfällst du zu Staub.«

Barthamiel machte ein finsteres Gesicht. »Uns erzählen sie etwas Ähnliches. Nach unserem Kuss wäre es mein Schicksal gewesen, zu Stein zu erstarren. Zumindest hat dies mein Vater behauptet. Ich hatte gar nicht daran gedacht. Ich habe nur dich gesehen, dein liebes Gesicht.« Er lächelte die Staubelfe hilflos an. »Was geht hier vor sich? Irgendjemand wird uns die Wahrheit sagen müssen.«

Die Geschichte von Schattenglanz und Bergerik

»Da hast du wohl recht, Barthamiel!«

Der junge Bartriese wirbelte herum und stand dann Nase an Nase mit seiner Mutter. Gardenie Brocken betrachtete die Staubelfe neugierig. »Habt ihr es also geschafft, zueinander zu finden!«

»Was ist hier los, Mutter? Was sollen diese Schauermärchen über die andere Seite des roten Flusses?«, fragte Barthamiel verärgert. Dabei stellte er sich neben Lichtina und nahm sie schützend in den Arm. »Auf beiden Seiten wird Angst geschürt. Warum? Mutter, was ist der Grund dafür?«

Seufzend ließ sich Gardenie auf einen Hocker nieder. Ohne auf die Fragen ihres Sohnes einzugehen, flüsterte sie: »Habt ihr euch schon geküsst?«

Lichtina schaute errötend zu Boden und Barthamiel starrte seine Mutter mit zugekniffenen Augen finster an. »Das geht dich nichts an!«

»Also ja, ihr habt.« Die Bartriesenmutter fing an zu schluchzen. »Es ist also schon zu spät. Die Geschichte nimmt wieder einmal ihren Lauf. Egal, was wir alles versuchen. Egal, was wir euch alles erzählen. Das Schicksal lässt sich nicht aufhalten. Oh Barthamiel, wieso gerade du?«

Ängstlich drückte sich Lichtina an Barthamiel. »Haben wir etwas Schlimmes getan?«, wollte sie von der Bartriesenmutter wissen.

Gardenie Brocken lächelte gequält. Statt zu antworten, fragte sie: »Liebst du meinen Sohn?«

Lichtina nickte zaghaft. »Ja, das tue ich. Ich liebe Barthamiel.«

Barthamiel riss die Augen auf. »Ist das wahr? Du liebst mich? Oh Lichtina, ich wusste ja nicht …« Er räusperte sich. »Ich liebe dich, schon seit ich dich das erste Mal gesehen habe.« Dann beugte er sich zu ihr und küsste die Elfe erneut auf den Mund.

Gardenie wischte sich die Augen und wartete den Kuss der beiden ab. »Setzt euch! Ich werde euch nun eine Geschichte erzählen.«

Still setzten sich Barthamiel und Lichtina auf das knarzende Holzbett und hielten sich an den Händen.

Barthamiels Mutter betrachtete die beiden, dann schluchzte sie kurz auf. »Es ist eine traurige, eine schlimme Geschichte und sie wird euch alle Fragen beantworten.« Ihre Stimme nahm einen dunkleren Ton an und sie begann zu erzählen:

»Vor langer Zeit lebte hier in diesem Gebirge ein Einsiedler, ein Mensch. Er hatte sich von seinesgleichen zurückgezogen, wie wir es auch getan hatten. Er mochte die Menschen nicht besonders. Er ließ uns Bartriesen in Ruhe und wir ihn. Ab und zu sahen wir ihn Kräuter sammeln oder Wasser holen. Sonst hatten wir nichts mit ihm zu tun. Doch eines Tages verliebte er sich in die Staubelfe Schattenglanz und machte ihr lange Zeit den Hof. Aber Schattenglanz liebte schon einen anderen, einen Bartriesen mit dem Namen Bergerik. Die beiden waren seit einem Jahr ein Paar und ihre Hochzeit sollte bald stattfinden. Doch für den Einsiedler war das kein Grund. Er wollte Schattenglanz für sich haben. Die Elfe ließ sich aber nicht auf seine Schmeicheleien ein und gab ihm zu verstehen, dass er niemals ihr Gefährte werden würde. Der Einsiedler wurde wütend. Zurückweisung kannte er nicht und so entführte er das schöne Mädchen.

16

Verzweifelt suchte Bergerik nach seiner Schattenglanz und fand sie schließlich in einer Burg, hoch oben in diesem Gebirge. Während der Einsiedler schlief, befreite Bergerik das Elfenmädchen und lief mit ihm davon. Als der Einsiedler am nächsten Morgen erkannte, was geschehen war, verlor er vor Zorn den Verstand. Und dann geschah das, was unsere Völker für immer trennte. Der Einsiedler war gar kein Mensch gewesen, er war der gefürchtete Zauberer Zeolith. Die Menschen, bei denen er vorher gelebt hatte, hatten große Angst vor seiner Magie gehabt, die wenig Gutes hervorbrachte und die er nur für seine Zwecke benutzte. Er hielt sich die schönsten Mädchen des Dorfes zur Unterhaltung und die kräftigsten jungen Männer als Sklaven. Mit Hilfe der Naturgeister schafften es die Dorfbewohner, ihn zu verbannen. Deshalb war er in die Berge geflüchtet. Dass er Schattenglanz nicht haben konnte, machte ihn rasend vor Wut. Seine Verbitterung ließ ihn einen Pakt mit der Dunkelheit schließen. Man sagt, er gab seine Seele und bekam dafür Macht über die schwarzen Künste. Er verfolgte Bergerik und Schattenglanz und als er sie fand, benutzte er verbotene Magie und sprach einen tödlichen Zauber aus, der die Völker der Staubelfen und der Bartriesen vernichten sollte. Am dritten Sonnenaufgang nach seinem Fluch sollten die Elfen zu Staub zerfallen und die Riesen zu Stein werden. Die beiden flehten ihn an, unsere Völker zu verschonen, und boten ihm schließlich ihre Leben an. Zeolith aber wollte sie nicht einmal im Tode vereint sehen und ersann einen fürchterlichen Plan. Wenn die beiden unsere Völker retten wollten, durften sie niemals wieder zusammen sein. Sie willigten ein und so nahm er Bergerik sein Augenlicht, damit er Schattenglanz nicht mehr sehen konnte, und Schattenglanz nahm er ihre Stimme, damit sie nicht mehr nach Bergerik rufen konnte. Dann erfasste ein Wind die beiden und trug sie in die Welt hinaus. Der Zauberer aber ging zum Fluss. Die Völker der Staubelfen und Bartriesen sollten nie mehr zusammenkommen. So groß war sein Hass. Als der Fluss sich weigerte, Grenze zwischen unseren beiden Völkern zu sein, opferte Zeolith sein Blut. Mit schwarzer Magie zwang er den Fluss zum Gehorsam und band den Fluch an ihn.«

Barthamiel und Lichtina lauschten mit bleichen Gesichtern dieser schrecklichen Geschichte.

Erschüttert flüsterte Lichtina: »Seitdem heißt der Fluss *roter Fluss*, nicht wahr? Deshalb ist er rot geworden, wegen Zeoliths Blut.«

Gardenie nickte. »So ist es.«

Barthamiel griff nach der Hand seiner Mutter. »Was wird mit uns geschehen?«

»Am dritten Sonnenaufgang nach eurem ersten Kuss wirst du, mein Sohn, dein Augenlicht verlieren und Lichtina ihre Stimme. Ihr werdet euch irgendwo auf der Welt wiederfinden. Allein, ohne den anderen«, gab sie matt zur Antwort.

»Können wir gar nichts tun, um den Fluch irgendwie zu umgehen?« Lichtinas Stimme zitterte. »Gibt es keine Hoffnung?«

»Hoffnung gibt es immer«, erwiderte Barthamiels Mutter. »Die Geschichte von Schattenglanz und Bergerik endet nicht mit ihrer Trennung.« Sie lächelte Lichtina und ihrem Sohn aufmunternd zu. Dann holte sie Luft, um auch noch den Rest der Geschichte erzählen zu können: »Nach Jahren der Wanderschaft und des Umherirrens hat Schattenglanz

18

Bergerik wiedergefunden. Sie sah ihn, wie er geradewegs auf den Rand einer Schlucht zulief. Da sie ihn nicht warnen konnte, wusste sie, er würde sterben. Aus lauter Verzweiflung stürzte sich Schattenglanz in die Tiefe, so wollte sie ihrem Liebsten zumindest im Tode nahe sein. Doch die Staubelfe fiel nicht. Die Sonnenstrahlen erwärmten ihre Fädchen und sie flog über den Abgrund hinüber zu ihrem Bergerik. Sie stellte sich ihm in den Weg und der Bartriese musste niesen. In diesem Augenblick wusste er, dass Schattenglanz ihn gefunden hatte. Und dann geschah das Wunder. Nach einem langen Kuss konnte Bergerik wieder sehen und Schattenglanz hatte ihre Stimme zurück.«

Gardenie umarmte erst ihren Sohn und dann Lichtina. »Egal, wie stark ein Zauber ist, wie mächtig oder böse, die Liebe ist stärker. Das dürft ihr nie vergessen. Die Liebe besiegt alles. Vielleicht findet sie auch irgendwann einen Weg, den Fluch des bösen Zauberers aufzuheben. Vielleicht können unsere Völker in ferner Zukunft wieder glücklich zusammenleben. Wer weiß?« Mit hängenden Schultern verließ Gardenie das Zimmer ihres Sohnes. »Ihr habt nur noch wenig Zeit, bis der Zauber euch trennt.«

* * *

Die Sonnenstrahlen des dritten Morgens spiegelten sich im roten Fluss. Barthamiel und Lichtina hielten sich an den Händen. Die Staubelfe stand auf einem großen Stein und küsste Barthamiel zärtlich auf den Mund.

»Ich liebe dich. Wir werden uns wiedersehen. Ich werde nie aufgeben, dich zu …« Dann verlor sie ihre Stimme.

19

Mit einem letzten Blick prägte Barthamiel sich Lichtinas liebes Gesicht ein und Dunkelheit legte sich über seine Augen. »Die Liebe besiegt alles«, flüsterte Barthamiel ihr noch leise zu, bevor der Wind an ihren Händen zerrte und der Fluch sie trennte.

Ein fernes Grollen aus dem Gebirge war zu hören. Es wuchs zu einem gewaltigen Donner an und ein bösartiges Lachen fegte über das Tal der Bergriesen und Staubelfen hinweg wie ein entsetzliches Gewitter.

Lichtina und Prinz Jano

Lichtina erwachte in einem großen Garten. Verwundert rieb sie sich die Augen. Das Gras war so kurz, als hätte jemand Halm für Halm auf die gleiche Länge abgeschnitten. Die Blumen wuchsen ordentlich in einer Reihe in eckigen Feldern über den Garten verteilt. Ebenmäßig standen Bäume und Büsche. In der Mitte des Gartens entdeckte sie sprudelndes Wasser, das einem Gebilde aus Figuren entsprang. Vorsichtig näherte sie sich.

Ein Springbrunnen, dachte Lichtina erstaunt. Sie hatte von diesen besonderen Brunnen der Menschen gehört. Aus einer Säule in der Mitte, getragen von seltsamen Tieren, lief das Wasser. Aufgefangen wurde es von Steinfrauen, die Schalen auf ihren Köpfen trugen und aussahen, als würden sie tanzen. Schließlich endete der Weg des Wassers in einem großen Becken mit Fischen.

»Ergreift sie«, tönte plötzlich eine herrische Stimme.

Lichtina wirbelte herum. Männer mit langen Stäben und glänzenden Hauben auf ihren Köpfen hatten sie umzingelt. Eine Frau mit einem ausladenden roten Kleid und einer Turmfrisur, ähnlich denen der Bartriesenfrauen, schritt energisch auf sie zu.

»Verbeugt Euch vor Königin Minelda«, erklang eine näselnde Stimme im Hintergrund.

»Wer bist du und was treibst du hier?«, fuhr die Frau sie an.

Ängstlich schüttelte Lichtina ihren Kopf.

»Antworte! Wie kommst du in den Schlossgarten hinein? Wie bist du an den Wachen vorbeigekommen?«

Die Königin stand nun direkt vor Lichtina und betrachtete sie argwöhnisch. »Du bist kein Mensch! Was bist du?«

Lichtina deutete auf ihren Mund und schüttelte erneut ihren Kopf.

»Du kannst nicht sprechen?«

Lichtina nickte.

Königin Minelda sah sie nun neugierig von oben bis unten an.

»Hübsch anzusehen«, bemerkte sie interessiert. »Vielleicht bist du ja eine geeignete Ablenkung für meinen Sohn, Prinz Jano.« Sie gab ein Zeichen und die Wachen packten Lichtina grob an den Armen und brachten sie in das Schloss. Sie stießen sie in ein Zimmer mit einer großen Wanne in der Mitte.

Die Königin herrschte ein paar Badefrauen an: »Wascht sie und frisiert ihr die Haare, oder was sie da eben auf dem Kopf hat.«

Lichtina, die nicht wusste, wie ihr geschah, schloss die Augen und dachte an Barthamiel. Sie stellte sich seine wunderbare rote Nase vor und musste lächeln. Dann fügte sie sich ergeben in ihr Schicksal.

Nach einer Stunde öffnete sich die Tür. Eine der Badefrauen machte einen Knicks und flüsterte unterwürfig: »Eure Majestät, es tut uns schrecklich leid.« Sie deutete auf Lichtina, die wie ein nasser Haufen schmutziger Wischlappen aussah. »Wir haben alles versucht. Sie wird einfach nicht sauber und trocken bekommen wir sie auch nicht.«

Die Königin lachte amüsiert. »Ihr dummen Dinger. Ich habe in der königlichen Bibliothek nachgesehen. Das ist eine

Staubelfe. Sie wird grau bleiben. Schiebt die Vorhänge zurück und stellt sie in die Sonne.«

Die Frauen taten wie ihnen geheißen und tatsächlich fingen Lichtinas Fädchen an zu trocknen. Kurz darauf schwebte die Elfe, von der Sonne erwärmt, ein paar Zentimeter über dem Boden.

Die Königin klatschte begeistert in die Hände. »Stellt einen Käfig in des Prinzen Zimmer und dann bringt sie zu ihm.«

Mit hängenden Schultern ging Prinz Jano um den Käfig herum und bestaunte die hübsche Elfe. »Was ist das für ein Wesen, Mutter?«

»Das, mein Sohn, ist eine Staubelfe. Ich habe sie zu deiner Unterhaltung herbringen lassen. Sie soll dich ein wenig von deinen trübsinnigen Gedanken ablenken. Vielleicht schafft sie es, dich von deiner Niedergeschlagenheit zu befreien.«

Der Prinz seufzte. »Ach, das vermag wohl niemand.«

Die Königin machte ein verkniffenes Gesicht. »In einem Jahr sollst du König werden, Jano. Bis dahin musst du eine Frau gewählt haben. Wenn du doch nur endlich eine wählen würdest. Es gibt so viele Prinzessinnen, die liebend gerne deine Frau werden würden.«

»Keine von denen, die du mir vorgestellt hast, war die Richtige. Ich mochte keine von ihnen«, stöhnte der Prinz. »Die eine war zu dick, die andere zu dünn. Die mit den langen blonden Haaren war einen Kopf größer als ich und die mit den kurzen braunen Locken war klein wie ein Zwerg. Die mit den roten Haaren war sehr hübsch anzusehen, aber sie war ganz und gar unfreundlich und hatte ständig schlechte Laune. Ich möchte eine Frau, die freundlich ist, die eine angenehme Stimme hat und die, wenn ich sie ansehe, mich zum Lächeln bringt. Wie soll ich denn König sein, wenn ich nicht die richtige Frau an meiner Seite habe? Ach, warum will das Schicksal mir nur die richtige Frau verwehren?«

Lichtina verbrachte die kommenden Tage und Wochen damit, still auf einem goldenen Stuhl in ihrem Käfig zu sitzen und sich von dem traurigen Prinzen betrachten zu lassen.

Wenn doch nur Barthamiel bei mir wäre, dachte sie, als sie den großen Kummer des Prinzen sah. *Mit seiner sorglosen und heiteren Art würde er dem Prinzen bestimmt helfen können.*

Hin und wieder warf Jano ihr eine goldene Kugel zu, die sie dann zurückwarf. Manchmal spielte er ein Lied auf seiner Leier und Lichtina bewegte ihre Fädchen zur Melodie. Die meiste Zeit aber beklagte der Prinz sein trauriges Los, für immer und ewig ohne Frau bleiben zu müssen.

Wenn der Prinz besonders kummervoll war, ließ die Königin den Käfig in die Sonne stellen und Lichtina schwebte darin auf und ab. Eines Abends lauschte sie wieder einmal den Klängen von Prinz Janos Leier. Die Weise, die er spielte, klang so voller Wehmut und Trauer. Sie dachte an Barthamiel und wie es ihm wohl in der Fremde ergehen mochte. Sie hatte ihm versprochen, nie aufzugeben ihn zu suchen. Wie konnte sie ihr Versprechen halten, wenn sie hier in diesem Käfig festsaß? ›Die Liebe besiegt alles‹ waren seine letzten Worte gewesen. Sie wollte es so gerne glauben. Als der Prinz zu Ende gespielt hatte, liefen ihr ein paar Tränen aus den großen dunklen Augen.

»Du weinst?« Prinz Jano legte die Leier beiseite. »Wenn du mir doch nur sagen könntest, warum du hier bist? Ich möchte dich so gerne verstehen.«

Lichtina lächelte vorsichtig. Sie legte die Hände auf ihr Herz und deutete dann zum Fenster. Ob der Prinz wohl verstand, dass dort draußen irgendwo ihre große Liebe nach ihr suchte?

Ein zartes Klopfen lenkte die Aufmerksamkeit des Prinzen auf das Mädchen, das den Raum betrat. Es war Alisan, das Kaminmädchen. Sie brachte das Feuerholz für die kühlen Abende. Behutsam, um nur keine unnötigen Geräusche zu machen, legte sie das Holz in einen Korb neben die offene Feuerstelle. »Soll ich für Euch Feuer machen, mein Prinz?«, fragte sie mit einer leichten Verbeugung. Sie strich sich eine Strähne ihres langen braunen Haares aus dem Gesicht, die aus ihrer Haube gerutscht war. Dann lächelte sie den Prinzen offen an.

Der Prinz nickte und setzte sich in den großen Sessel vor dem Kamin. »Oh Alisan, ist schon wieder Herbst?«, fragte er verwundert. »Es kommt mir vor, als wäre es erst gestern gewesen, dass du mir Feuer gemacht hast. Sag, wie lange bist du schon in meinen Diensten?«

Lichtina beobachtete den Prinzen und das Kaminmädchen neugierig. Etwas war anders als sonst. Der Prinz strahlte. Als Alisan so nahe bei ihm ihre Arbeit verrichtete, wirkte er aufgeregt und gelöst zugleich. Der Prinz schien ihre Nähe zu genießen, seine Wangen leuchteten in einem zarten Rot und von Trauer und Trübsinn war nichts mehr zu spüren. Alisans Bewegungen waren anmutig und sicher. Sie war keine von den kleinen verschreckten Bediensteten, die sich nicht trauten, dem Prinzen in die Augen zu sehen. »Mein Prinz«, antwortete sie mit klarer Stimme, »seit drei Jahren stehe ich in Euren Diensten. Es ist mir eine Freude, wenn ich Euch etwas Wärme bringen kann.« Sie lächelte den Prinzen liebevoll an.

Und da begriff Lichtina.

Als Alisan gegangen war, deutete sie auf die Leier des Prinzen.

»Du möchtest, dass ich noch ein Lied spiele?« Prinz Jano griff gedankenverloren nach dem Instrument. »Was soll ich spielen?«

Lichtina machte ein fröhliches Gesicht und deutete auf ihren lachenden Mund.

»Ich kenne nur ein einziges fröhliches Lied«, seufzte er wieder. »Ich weiß aber nicht, ob mir das so gut gelingen wird.«

Lichtina nickte, schob den Stuhl zur Seite und kaum hatte der Prinz zu spielen begonnen, fing sie an in ihrem Käfig zu tanzen.

Erstaunt setzte sich der Prinz in ihre Nähe und verfolgte Lichtinas Tanz zu seinem Spiel.

Lichtina tanzte das Kaminmädchen, Alisans aufrechte Haltung, ihr freundliches Wesen. Sie verbeugte sich vor dem Prinzen und tat so, als lege sie Holz auf den Boden und mache Feuer im unsichtbaren Kamin.

Als Prinz Jano begriff, wen sie meinte, tanzte sie ihn und machte ein trauriges Gesicht. Dann tanzte sie wieder Alisan und tat so, als nehme sie ihr Herz in die Hand, um es dem Prinzen zu schenken. Dann tanzte sie Prinz Jano, der das Herz nahm und alle Traurigkeit und alle Niedergeschlagenheit waren aus ihm verschwunden. Sie stellte ihn lachend und voller Glück dar und dann ließ sie ihn ebenfalls sein Herz nehmen, um es Alisan zu schenken.

Das Lied war zu Ende. Der Prinz starrte Lichtina ungläubig an. Lichtina legte die Hände auf ihr Herz und deutete zur Tür.

»Du meinst Alisan?« Die Stimme des Prinzen krächzte ein wenig. Lange starrte er die Tür an. Dann, mit einem Mal, hellte sich seine Miene auf. »Sie war es schon immer, du hast recht. Es muss keine Prinzessin sein. Warum habe ich es nur nicht verstanden?«

Königin Minelda fiel in Ohnmacht, als sie von ihrem Sohn erfuhr, dass er ein einfaches Kaminmädchen heiraten wollte. Schließlich gab sie aber nach, als sie erkannte, wie ernst es Jano war. Er war wie ausgewechselt und duldete keine Widerworte, auch nicht von seiner strengen Mutter.

* * *

Am Abend nach der Verlobung betraten Jano und Alisan das Zimmer des Prinzen.

»Liebster Jano, lass sie gehen!« Alisan deutete auf den Käfig. »Niemand sollte in einem Käfig gefangen sein.«

Der Prinz strahlte seine Verlobte an. »Du hast recht. Sie soll frei sein.« Er schloss den Käfig auf und Lichtina konnte hinaus. »Was wirst du tun?«, fragte er sie.

Lichtina legte wieder die Hände auf ihr Herz und deutete zum Fenster.

»Was meinst du?«

Alisan nahm die Hand des Prinzen. »Sie sucht den, den sie liebt. Nicht wahr?«

Die Elfe nickte.

27

Der Prinz schaute betreten zu Boden. »Du hast selbst so großen Kummer, musstest in einem Käfig leben und trotzdem hast du mir gezeigt, wie ich die Liebe finden konnte«, flüsterte er gerührt. Er strahlte seine zukünftige Braut an und Tränen der Freude liefen ihm über die Wangen.

»Ich danke dir, liebe Elfe. Verzeih mir bitte, dass ich vor lauter Selbstmitleid deinen Kummer nicht gesehen habe. Ich möchte, dass du dir ein Geschenk aussuchst. Nimm dir mit, was dir gefällt. Ich stehe tief in deiner Schuld.«

Lichtina schüttelte den Kopf, sie wollte kein Geschenk. Sie wollte sich endlich auf die Suche nach Barthamiel machen, der blind durch die Welt wanderte, in der Hoffnung sie zu finden. Sie sah Prinz Jano an, der endlich glücklich war.

War er nicht auch irgendwie blind gewesen, fragte sie sich. *Er hatte seine große Liebe direkt vor seiner Nase gehabt und hat sie nicht erkannt. Ich freue mich für ihn, dass er nun endlich sehen kann,* dachte Lichtina erleichtert.

Dann nahm sie ein kleines, mit silbernen Blättern verziertes Fläschchen. Sie trat zu dem Prinzen und fing die Freudentränen auf, die er gerade vergoss. Das Fläschchen verbarg sie unter ihrem grauen Kleid, verbeugte sich vor dem Paar und ging. Ein paar Minuten später war sie zum Schlosstor hinaus und begab sich auf eine Wanderung ins Ungewisse.

Barthamiel und Familie Schuhlos

Barthamiel fühlte, wie seine Hose langsam feucht wurde. Mit den Händen tastete er den Boden ab, auf dem er saß. Kalt und schlammig war die Erde um ihn herum.

Schwankend stand er auf und rutschte sogleich wieder aus. Selbst mit dem Stock, den sein Vater ihm mitgegeben hatte, fand er keinen richtigen Halt. Vorsichtig setzte er einen Fuß vor den anderen. ›Schlupp, schlapp‹ machte es bei jedem Schritt. Der Boden wollte einfach nicht fester werden. »Wo um Himmels willen bin ich hier nur gelandet?«, murmelte Barthamiel. Er sank bei jedem neuen Schritt tiefer ein. Kurz darauf steckte er fest. So viel er auch zog und sich mühte, er kam nicht mehr vorwärts.

»Wenn ich doch nur etwas sehen könnte«, schimpfte er vor sich hin. Er setzte sich wieder auf seinen Hosenboden und dachte an Lichtina. Wie es ihr wohl gerade erging? Wo mochte sie gelandet sein? Vielleicht hatte der Wind sie gar nicht so weit auseinandergerissen. »Lichtina«, rief er erst zaghaft. Dann brüllte er: »Lichtina, bist du da? Wenn du da bist, hilf mir, bitte! Ich stecke fest. Ich bin es, dein Barthamiel.«

Doch keine Lichtina antwortete.

Ein paar Minuten später hörte er ein Wispern und Zischeln. Worte wie »so groß«, »gefährlich«, »aber steckt fest« drangen an sein Ohr.

»Ich bin Barthamiel Brocken, ich bin ein Bartriese«, rief Barthamiel freundlich in Richtung der Stimmen. »Äh, ich bin nicht gefährlich. Könnte mir vielleicht jemand helfen? Ich stecke hier fest.«

29

Niemand rührte sich und so setzte er noch ein »Bitte« nach.
»Warum bist du denn auch geradewegs in das Moor gelaufen?«, hörte er eine Stimme nun ganz in der Nähe. »Wie kann man so dumm sein? Der Weg ist doch deutlich gekennzeichnet.«

»Das mag schon sein«, brummte Barthamiel ein wenig verstimmt. »Wenn man sehen kann, ist es bestimmt einfach.« Kurz darauf packten ihn Arme links und rechts, hakten ihn unter und zogen ihn aus dem schlammigen Boden. Dabei stöhnten und ächzten seine Helfer unter ihrer schweren Last.

»Was bist du doch für ein schwerer Brocken! Du machst deinem Namen wahrlich Ehre, Herr Bartriese«, sprach ihn eine Männerstimme an, nachdem er endlich wieder festen Boden unter seinen Füßen hatte.

»Und wem habe ich meine Rettung zu verdanken?«, fragte Barthamiel erfreut.

»Ich bin Barne Schuhlos und neben mir steht mein Sohn Mati. Wir sind Moorleute. Du bist im Tal des großen Moores. Wie bist du denn hierhergekommen?«, antwortete ihm die Stimme.

»Oh«, murmelte Barthamiel, »das ist eine lange Geschichte.«

Wieder war ein Wispern zu vernehmen, gerade so, als flüstere jemand in eines anderen Ohr.

»Ich weiß nicht, Mati«, hörte er Barne Schuhlos auf das Flüstern antworten.

»Bitte, Vater«, vernahm Barthamiel nun auch die bettelnde Stimme des Sohnes.

»Also, Herr Bartriese, mein Sohn Mati möchte gerne deine Geschichte hören. Er hat vorgeschlagen, ob du nicht mit zu uns kommen willst. Bald ist es Nacht, äh, nicht, dass das für dich einen Unterschied machen würde, aber na ja, wir haben ein Feuer im Haus, wir haben Suppe und in ein paar Tagen können wir dich auf einem sicheren Weg hier aus dem Tal bringen.«

»Suppe habt ihr gesagt, Barne Schuhlos?« Barthamiel, der nichts gegen einen guten Teller Suppe einzuwenden hatte, nickte. »Ich könnte meine Hose über dem Feuer trocknen und wenn es euren Sohn wirklich interessiert, erzähle ich meine Geschichte. Aber fröhlich ist sie nicht.«

»Deine Geschichte wollen wir alle hören, Herr Bartriese. Wir Schuhlos lieben Geschichten.« Mati war ganz aufgeregt. Er nahm Barthamiels Hand und legte sie auf seine Schulter. »Ich gehe ganz langsam. Es ist nicht weit.«

In der Hütte des Barne Schuhlos ging es wild durcheinander. Barthamiel vernahm viele verschiedene Stimmen, ein rasselndes Husten und schniefendes Niesen. »Wie viele von euch leben« denn hier zusammen?«, fragte er verwundert. Er schaffte es nicht, die ganzen Stimmen auseinanderzuhalten.

Mati antwortete ihm: »Also, da sind meine Brüder Rang, Salte und Sam und meine Schwestern Iska, Tima, Gisa und Agi, die Jüngste. Und meine Mutter Isme.«

So kalt und feucht es draußen im Moor gewesen war, so heimelig und warm war es in der Hütte der Familie Schuhlos. Barthamiel bekam eine große Schüssel mit Suppe vorgesetzt, die fremd schmeckte, aber äußerst bekömmlich war.

»Was ist das für eine Suppe? Derartiges habe ich noch nie gegessen.« Barthamiel fuhr sich durch den Bart und rülpste satt und zufrieden. Eines der Mädchen kicherte.

31

»Das ist Birkhuhnsuppe mit Fieberklee und Moosbeere«, gab ihm ein Stimmchen zur Antwort. »Darf ich ein wenig mit deinem Bart spielen?«, fragte es und ohne seine Antwort abzuwarten, kletterte jemand auf seinen Schoß.

»Agi, du kannst doch nicht einfach …«, schimpfte Mutter Isme los.

»Lasst sie nur, ich finde es wunderbar, wenn mein Bart gezaust wird«, unterbrach Barthamiel Agis Mutter.

In der Stube wurde es ruhiger, Stühle wurden gerückt und Barthamiel nahm an, dass sie sich alle um ihn herumgesetzt hatten.

»Erzählst du uns jetzt, was geschehen ist?«, fragte Mati. »Wie kommst du hierher? Und warum bist du blind?«

Agi kämmte hingebungsvoll Barthamiels Bart und er begann seine Geschichte zu erzählen.

Die Familie lauschte gespannt, seufzte und litt mit ihm, nur unterbrochen vom Niesen und Husten der Kinder.

»Und dann trennte uns der Wind und ich bin hier bei euch im Moor gelandet. Wo Lichtina ist, weiß ich nicht. Aber ich werde sie suchen. Wir haben uns versprochen, dass wir nicht aufgeben wollen, bis wir uns wiedergefunden haben.«

Ein leises Schluchzen war zu hören.

»Weint da jemand?«, fragte Barthamiel.

»Das ist meine älteste Schwester Iska«, gab ihm Mati zur Antwort. »Die weint wegen allem. Sie ist sehr empfindlich, was die Liebe angeht. Sie ist verliebt in den Sohn vom Bäcker in der Stadt.«

»Blöder Kerl«, kam es da aus einer Ecke der Stube und Barthamiel musste grinsen.

Am nächsten Morgen wachte Barthamiel in einer stillen Stube auf. Er vermisste das Stimmengewirr des vergangenen Abends. »Guten Morgen«, rief er von seinem Lager aus in den Raum.

»Guten Morgen, Herr Bartriese«, antwortete ihm eine weibliche Stimme. »Hast du gut geschlafen?«

»Wer spricht denn da?«

»Oh, ich bin es, Iska.« Sie hustete ein wenig und fuhr dann fort: »Mein Vater und meine Brüder sind schon früh aufgestanden, um Torf zu stechen. Es ist die einzige Arbeit hier im Moor. Vor einem Jahr haben wir eine große Fläche trockengelegt. Meine Mutter ist mit Tima und Gisa zu den Felsen gegangen, um den Torf dort auszulegen. Wir wollen ihn in den nächsten Tagen auf dem Markt verkaufen. Es wird bald Herbst, die Menschen brauchen etwas, um Feuer zu machen. Ich passe auf meine kleine Schwester Agi auf. Der Weg zu den Felsen ist für sie noch zu gefährlich.«

»Ich bin schon groß«, schimpfte ein Stimmchen, das Barthamiel als Agis erkannte.

»Wenn du gefrühstückt hast, werde ich meiner Familie etwas zu essen bringen.« Iska hustete wieder. »Ich lasse dir Agi zur Unterhaltung da. In ein paar Tagen können wir dich in die Stadt mitnehmen, wenn wir dort unseren Torf verkaufen. Wenn du also willst, kannst du gerne noch ein wenig bleiben. Vielleicht magst du uns ja noch ein paar Geschichten erzählen. Ich weiß so wenig über die Bartriesen und Staubelfen.«

Nachdem Barthamiel sein Beerenmus aufgegessen hatte, setzte sich Agi wieder auf seinen Schoß, nieste kräftig und kraulte ihm den Bart.

Nach einer Weile fragte er: »Seid ihr alle krank, Agi? Ich höre euch die ganze Zeit niesen und husten.«

»Nein, richtig krank sind wir nicht, es ist nur Schnupfen«, gab ihm Agi als Antwort. »Wir husten und niesen das ganze Jahr über. Im Moor ist es kalt und feucht. Weil Schuhe ständig im Schlamm stecken bleiben oder versinken, tragen wir erst gar keine.«

Nachdenklich fragte Barthamiel: »Was spielst du denn so, wenn du draußen bist?« Er erinnerte sich an die Wärme bei den Bartriesen, an die Kletterfelsen und die weite trockene Ebene mit ihren vielen Mauselöchern, auf der er als Kind mit seinen Freunden Murmeln gespielt hatte.

»Was soll ich denn spielen?«, antwortete ihm das Mädchen verwundert. »Dort draußen gibt es doch nichts. Außerdem sagt Vater, es wäre zu gefährlich für mich, da ich die Wege im Moor noch nicht so gut kenne.«

Barthamiel dachte an Lichtinas Wald. »Gibt es keine Bäume, auf die du klettern kannst?«

»Nein, hier im Moor stehen keine Bäume.«

»Oder Wiesen, über die du springen kannst?«

»Nein, es gibt kein Gras und auch keine Blumen. Manchmal kauft Vater einen Strauß Blumen auf dem Markt für Mutter. Die sind immer so wunderschön.« Agi wirkte auf einmal traurig.

Barthamiel fühlte sich schlecht, weil er das mit dem Moor nicht besser gewusst hatte.

Am Abend saß Familie Schuhlos am Feuer zusammen und Agi bat ihn, er möge doch vom Land der Bartriesen erzählen. Barthamiel wollte das kleine Mädchen erfreuen und schmückte seine Erzählungen besonders bunt aus. Er beschrieb ihnen das hohe Gebirge mit den wunderbaren Felsenplätzen. Er erzählte von der Sonne, die auf seiner Seite des roten Flusses immer schien und die die Nasen der Bartriesen zum Leuchten brachte. Er fuchtelte in seinem Haar herum und malte ihnen mit seinen Händen ein Bild von den gewaltigen Turmfrisuren der Bartriesenfrauen, die hin und her wippten. Die Familie lachte zwischen gewaltigen Nies- und Hustenanfällen und wärmte sich an Barthamiels Geschichten.

Barthamiel erzählte vom Wald der Staubelfen, von den silbernen Wohnstuben, den Bäumen, die zehnmal so groß waren wie er, und von Lichtungen mit Gräsern und Blumen.

»Wie gerne würde ich über Wiesen laufen und Blumen pflücken«, murmelte Agi schlaftrunken, bevor sie auf Barthamiels Schoß einschlief.

Als Barne und seine Söhne sich am nächsten Morgen für ihre Arbeit fertigmachten, stand Barthamiel bereits an der Tür.

»Barthamiel, wir werden erst in zwei Tagen in die Stadt aufbrechen. Wo willst du hin?«, fragte ihn Mati.

»Ich will euch helfen. Agi hat mir von der schweren Arbeit erzählt. Ich kann zwar nichts sehen, aber einen Spaten kann ich wohl benutzen«, rief der Bartriese fröhlich.

Barne und seine Söhne schafften es, an diesem Tag fünfmal so viel Torf zu stechen wie in den Tagen zuvor. Barthamiel, der von Mati geführt wurde, stach Torfballen um Torfballen, als wären sie aus Butter. Sie holten einen großen Sack und Barthamiel trug die Ballen zu den Felsen, wo sie von Isme und ihren Töchtern zum Trocknen ausgebreitet wurden.

»Die Arbeit von einer Woche an nur einem Tag«, staunte Isme, als sie den vielen Torf sah.

»Gibt es keinen anderen Platz, um den Torf zu trocknen?«, fragte Barthamiel neugierig.

»Hier ist alles feucht«, gab ihm Gisa zur Antwort. »Hier auf den Felsen können wir den Torf liegen lassen, bis wir ihn verkaufen. Manchmal kommt sogar die Sonne über die Bergspitze, dann geht alles ein wenig schneller.«

Barthamiel lauschte ihren Worten, dann befühlte er die Steine und eine großartige Idee kam ihm in den Sinn, die er aber vorerst für sich behielt.

Am Abend fragte er Barne: »Sag Barne, hast du etwas dagegen, wenn ich noch ein wenig bleibe? Ich kann dir helfen, den Torf zu stechen. Ich gehe erst das nächste Mal mit in die Stadt, wenn es dir recht ist.«

Barne dachte kurz nach. Dann fragte er Isme: »Was meinst du? Er isst zwar für drei, aber er arbeitet für fünf. Es wäre schon eine große Hilfe.«

Isme war einverstanden.

An diesem Abend legte sich Barthamiel zufrieden auf sein Lager. Übermorgen, wenn die Familie in die Stadt ging, würde er seinen Plan in die Tat umsetzen.

Er dachte an Lichtina, wie sie leicht und fröhlich über die Wiesen tänzelte, wie sie sich freute, wenn die Sonne ihre Füße berührte. »Wir werden uns wiedersehen«, flüsterte er in die Nacht und schlief mit dem Bild ihres lieben Gesichtes ein.

Am nächsten Tag stach Barthamiel so viel Torf, dass Barne und seine Söhne Rang, Salte und Sam der Mutter und den Schwestern helfen mussten, den Torf auf den Felsen zu verteilen. Mati blieb bei ihm und gab Anweisungen, wo er zu stechen hatte.

»Mati, wie viel Torf ist noch auf dem Feld, das ihr trockengelegt habt?«, wollte der Bartriese von dem Jungen wissen.

Mati lachte. »Wenn du so weitermachst, ist bald nichts mehr da. Dann können wir ein neues Feld abstecken und Gräben ziehen, damit das Wasser ablaufen kann.«

»Was passiert mit dem abgeernteten Feld?«, fragte Barthamiel neugierig, während er von den Rauschbeerenfladen aß, die Iska ihnen gebracht hatte.

»Nichts«, gab ihm Mati zur Antwort und Barthamiel nickte zufrieden.

Mati blieb bei ihm, als die gesamte Familie Schuhlos am nächsten Morgen aufbrach. Barthamiel hatte ihn darum gebeten. Mati war erst ein wenig mürrisch gewesen. Die Stadt hätte Abwechslung vom eintönigen Leben im Moor gebracht, aber er mochte den Bartriesen und stimmte schließlich zu.

Kaum waren alle zur Tür hinaus, sagte Barthamiel: »Heute werden wir gleich zu den Felsen gehen. Ich brauche eine Spitzhacke, einen großen Sack und alles Seil, das ihr im Haus habt.«

»Was hast du vor, Barthamiel?«, fragte Mati interessiert, während er die geforderten Sachen zusammenpackte.

»Ich erzähle es dir, wenn wir bei den Felsen sind«, raunte Barthamiel ihm verschwörerisch zu.

Als sie dort angekommen waren, bat er Mati, das Seil von den Felsen zum Torffeld zu spannen.

»Das ist eine gute Idee, Herr Bartriese«, stimmte Mati ihm zu. »Wenn wir nachher Torf stechen, kannst du dich vom

Seil führen lassen und ganz allein den Torf zu den Felsen bringen.«

»Wir stechen heute aber keinen Torf«, gab ihm Barthamiel zur Antwort. »Ich will dich aber nicht länger plagen, Mati, ich verrate dir nun, was ich vorhabe. Ich kenne euer Gebirge hier nicht, aber ich habe seine Steine gefühlt. Es sind Kalkfelsen. Der Stein ist weich und eignet sich gut für ebene Flächen. Ich will Wege bauen, trockene Wege zum Haus, zum Torffeld und zu den Felsen, damit ihr endlich wieder Schuhe tragen könnt. Und ich will für Agi einen Platz schaffen, auf dem sie spielen kann und auf dem ein paar Blumen wachsen.«

In den folgenden Stunden schlug der Bartriese mit der Hacke Stein um Stein aus dem massiven Fels. Mati las die Pflänzchen und Blumen auf, die in den Felsspalten gewachsen waren und lagerte sie am Rand des Moores, um sie feucht zu halten. Am Abend hatte Barthamiel einen riesigen Berg Steine angehäuft. Mati erzählte ihm begeistert von den verschiedensten Blumen, die er schon gesammelt hatte. »Weiße und gelbe habe ich in den Ritzen gefunden und eine lilafarbene, die ich noch nie zuvor gesehen habe. Sie kam mit einem großen Brocken, den du geschlagen hattest, hier unten an. Sie ist ganz klein und hatte sich eng an den Stein geschmiegt. Ich nenne sie Agi, nach meiner Schwester.«

An diesem Abend schlief Barthamiel erschöpft, aber glücklich ein. Er träumte von Lichtina und von einem kleinen Mädchen mit feuchten braunen Locken, das fröhlich über eine Wiese hüpfte und ein lustiges Lied sang.

Der nächste Tag verging wie im Flug. Die Wege waren schnell verlegt. Von den Felsen zum Torffeld setzte Barthamiel einen Stein neben den anderen, bis ein bequemer Weg entstand. Dann schleppte er Brocken bis zum Haus der Familie Schuhlos.

Mati sagte ihm, wo er die Steine hinlegen musste und bis zum Abend waren alle Wege fertig.

Als sie im Haus bei einer guten Suppe mit Birkhuhnfleisch saßen, plapperte Mati ganz aufgeregt. »Wenn wir das nächste Mal in die Stadt gehen, werden wir uns Schuhe kaufen. Wir haben so viel Torf, den wir verkaufen können, dass es für Schuhe für uns alle reicht.«

»Und vergiss die Socken nicht«, brummte Barthamiel vergnügt.

»Ja, Socken!« Mati klatschte in die Hände. »Wir werden Schuhe und Socken haben.«

* * *

Den nächsten Morgen verbrachte Barthamiel damit, säckeweise Steine in das trockengelegte Moor zu schütten. Dann befühlte er Brocken für Brocken.

Er ertastete ihre Beschaffenheit, ihre Ecken und Flächen. Und wie ein großes Mosaik legte er die Steine aneinander, sodass eine ebene Fläche entstand. Mati musste Schlamm herbeiholen und die Ritzen und Spalten damit auffüllen.

»Du musst nun die Blumen in die Ritzen setzen. Es wird zwar keine richtige Wiese werden, aber im Laufe der Zeit wird sich dort allerlei Grünzeug ansiedeln«, erklärte Barthamiel fröhlich.

Mati fand noch ein paar Moose und Flechten, grub einige Beerensträucher aus und noch bevor die letzten Sonnenstrahlen hinter dem Gebirge verschwunden waren, war Agis Wiese fertig.

Am nächsten Morgen standen Mati und Barthamiel schon früh auf. Sie wollten der Familie Schuhlos entgegengehen, wenn sie aus der Stadt zurückkam. Nach einiger Zeit hörten sie ein heftiges Niesen und Mati sagte: »Das war Gisa. So niest nur meine Schwester.« Kurz darauf kam die Moorfamilie um eine Wegbiegung und staunte nicht schlecht.

Agi stürmte auf Barthamiel zu. »Was macht ihr denn hier?«

»Ach«, sagte er, »ich brauche dringend meinen Bart gezaust und da dachte ich, wir kommen euch ein Stück entgegen.« Er nahm Agi auf seine Schultern und das Mädchen jauchzte vor Freude. »Ich will gar keinen Baum. Ich habe einen Bartriesen!« Alle mussten über diesen Satz lachen.

Barne erzählte, dass sie all ihren Torf, den sie mitgenommen hatten, verkaufen konnten und dass ein reicher Mann die doppelte Menge für den nächsten Besuch bestellt hatte.

Als sie das Tal des großen Moores erreichten, verschlug es Barne die Sprache.

Isme krallte sich an den Arm ihres Mannes und sie flüsterte aufgeregt: »Was ist hier geschehen?«

Rang, Salte und Sam stürmten als Erste los. »Vater, Mutter, da sind richtige Wege aus Stein! Sie sind trocken und warm. Sie gehen bis zum Torffeld.«

»Und nicht nur bis dorthin.« Mati strahlte seinen Vater an. »Barthamiel hat Wege gelegt bis zu unserem Haus.« Dann wandte er sich an seine Mutter. »Ich wünsche mir so sehr ein Paar Schuhe und Socken. Jetzt können wir trockenen Fußes durch unser Tal wandern. Was sagst du?«

Isme brachte kein weiteres Wort hervor und starrte nur ungläubig auf die Steinwege, die sich vor ihren Augen durch das Moortal zogen.

40

Auch Gisa, Tima und Iska liefen nun voraus und hüpften aufgeregt über die Steine hinweg.

Barne drückte Barthamiels Hand. »Das ist fast wie ein Wunder. Wie können wir dir dafür danken?«

Barthamiel brummte ein wenig und schüttelte dann den Kopf. »Ist schon gut.«

Dann nahm er Agi von seinen Schultern. »Für dich habe ich noch eine besondere Überraschung. Du kannst mich doch sicher zu eurem Torffeld führen, oder?«

Agi nahm Barthamiel bei der Hand und ging leise mit ihm den Weg entlang.

»Warum bist du denn so still, kleine Agi?«, fragte Barthamiel.

»Weil ich nicht weiß, was mich noch mehr überraschen sollte als die wunderbaren Wege, die du für uns gebaut hast. Ich brauche jetzt keine Angst mehr haben, dass ich mich verlaufe. Ich darf vielleicht sogar Schuhe haben wie Mati.«

Plötzlich blieb das Mädchen stehen.

»Was siehst du?« Barthamiel wusste, dass sie am Torffeld angekommen waren. »Beschreib mir doch bitte, was du dort siehst. Ich möchte so gerne wissen, ob es dir gefällt.«

Agi hielt Barthamiels Hand ganz fest. »Das ist für mich?«

»Ja.«

»Es ist wunderschön.« Das Mädchen stockte. »Ein Platz aus vielen Steinen wie der Marktplatz in der Stadt. Aber hier wachsen Blumen. Ich sehe weiße, gelbe und lila Blumen.« Ihre Stimme klang, als sehe sie ein Wunder.

»Die lila Blume heißt Agi. Mati hat sie nach dir benannt, als er sie in den Felsen entdeckte«, raunte Barthamiel ihr gerührt zu.

41

»Meine eigene Blume«, flüsterte Agi begeistert. »Und dort wachsen Moosbeerenbüsche und da sind grüne Moose und Flechten, überall wächst etwas, es ist fast wie eine …«

»Wiese?«, fragte Barthamiel vorsichtig.

»Ja«, hauchte das Mädchen ergriffen.

Dann ließ Agi Barthamiels Hand los und rannte über den Platz. Sie jauchzte und jubelte. Ihre Geschwister, Vater und Mutter kamen dazu und stimmten vergnügt in die Begeisterung und das Lachen der kleinen Agi mit ein.

Das Herz des Bartriesen war voller Freude. Er konnte nicht sehen, was er geschaffen hatte, aber er hörte, dass es gut geworden war. Er holte den Beutel, in dem er seine Rauschbeerenfladen aufbewahrt hatte, unter seinem Wams hervor und fing das Lachen und die Jubelschreie der kleinen Agi damit ein. *Das soll mein Dank sein*, dachte er. *Lichtina würde es gefallen.* Dann steckte er den Beutel wieder zurück.

* * *

Die letzten Tage bei Familie Schuhlos waren voller Lachen und Fröhlichkeit. Barthamiel dachte jeden Tag an Lichtina, aber seine Gedanken waren lange nicht mehr so trüb wie am Anfang.

Eine Woche später brach er mit der Moorfamilie auf, um in der weiten Welt nach seiner Elfe zu suchen. Sie verabschiedeten sich tränenreich von ihm. Besonders Agi und Mati fiel der Abschied schwer.

Doch Barthamiel zog es weiter. Er musste Lichtina finden und so trennten sich ihre Wege in der großen Stadt.

Lichtina und der Schmied

Nachdem Lichtina den Prinzen und seine schöne zukünftige Frau verlassen hatte, wanderte sie über Hügel, durchquerte Wiesen, die in den letzten Sommertagen hochgewachsen waren, und erreichte schließlich ein kleines Dorf.

Der ersten Frau, der sie begegnete, beschrieb sie Barthamiel mit den Händen. Sie hob eine Hand hoch über ihren Kopf und mit der anderen formte sie einen Bart unter ihrem Kinn. Dann deutete sie auf ihre Nase und zeigte auf den Korb mit den roten Rüben, den die Frau bei sich trug.

Die Frau schaute ein wenig verdutzt. »Du suchst jemanden, der sehr groß ist, einen Bart trägt und eine rote Nase hat?«

Lichtina nickte.

»Du bist kein Mensch, oder?«, fragte die Frau freundlich.

Lichtina nickte erneut, trat aus dem Schatten heraus und schwebte im Sonnenlicht ein paar Zentimeter über dem Boden.

Überrascht machte die Frau einen Schritt zurück, lächelte Lichtina aber an. »Vielleicht solltest du dich ein wenig wie ein Mensch kleiden. Wir erschrecken gerne, wenn wir auf Wesen wie dich treffen.« Die Frau kramte in ihrer Schürze und gab Lichtina ein Kopftuch. »Nimm deine grauen Fädchenhaare zurück und binde dir das Tuch um, dann sieht man sie nicht sofort.«

Lichtina machte eine kleine Verbeugung und tat, wie die Frau ihr geheißen.

»Es gibt tatsächlich jemanden hier im Ort, der auf deine Beschreibung passt. Er ist vor drei Monaten hierhergezogen. Du findest ihn am Rande des Dorfes. Es ist die Hütte mit dem großen braunen Tor. Wenn du ein Hämmern hörst, bist du richtig.«

Noch bevor sie das Haus sehen konnte, hörte Lichtina den Hammer schlagen. Am braunen Tor angekommen, klopfte sie, aber niemand öffnete. Sie wartete eine Pause ab und klopfte erneut. Wieder tat sich nichts und so schob sie das knarzende Tor zur Seite. Sie trat in einen stickigen Raum mit einem Feuer in der Ecke, über dem ein großer Blasebalg hing. Überall standen und hingen Werkzeuge aus Metall und mitten im Raum gab es einen gemauerten Klotz, auf dem ein wuchtiger Amboss prangte.

Erst jetzt sah Lichtina den großen Mann, der am Ende des Blasebalgs stand und damit kräftig Luft in das Feuer blies. Er trug einen braunen Bart und hatte ein leuchtend rotes Gesicht, fast wie ein Bartriese. Aber Barthamiel war er nicht.

Enttäuscht wollte Lichtina wieder gehen, als der Mann sie bemerkte. Er ließ den Blasebalg los und brüllte: »Wenn du Arbeit für einen Schmied hast, dann komm her und schreie es mir in mein linkes Ohr, mein rechtes ist schon taub.«

Lichtina erschrak fürchterlich, weil der Schmied eine so schrecklich laute Stimme hatte, die dazu noch ziemlich unfreundlich klang. Sie wich ein wenig zurück und stieß an ein Brett mit Werkzeugen. Einige Fädchenhaare blieben daran hängen. Hektisch versuchte sie, ihre Fädchen zu lösen, dabei rutschte ihr das Tuch vom Kopf und sie verhedderte sich noch mehr in den Zangen.

Der Schmied zog die Augenbrauen zusammen und guckte erstaunt. Dann hellte sich seine Miene auf. »Ah, da schau her, eine Staubelfe. Es ist lange her, dass ich eine von euch

Staubfusseln das letzte Mal gesehen habe«, dröhnte er mit lauter Stimme. Er ging zu Lichtina und entwirrte gekonnt die Fädchen aus seinen Gerätschaften. »Ich kann dich leider nicht verstehen, du musst schon lauter sprechen«, schrie er ihr entgegen. »Auf dem rechten Ohr höre ich schon lange nichts mehr, auf dem linken geht es noch ein wenig, aber du musst schon schreien, wenn ich dich hören soll.«

Lichtina verzog das Gesicht, da ihr die Stimme des Schmieds in den Ohren schmerzte. Sie schüttelte den Kopf. Dann zeigte sie auf ihren Mund.

Der Schmied schob sie einen halben Meter von sich weg und musterte sie genau. »Eine Elfe, die nicht sprechen kann, wie kommt's?«

Diesmal war seine Stimme schon ein wenig leiser und Lichtina versuchte, ihm mit den Händen zu erklä-ren, was geschehen war.

Erst machte sie ein finsteres Gesicht. Dann legte sie ihre Hände ineinander und blies darauf. Die Hände trennten sich und flogen in unterschiedliche Richtungen davon. Dann zeigte sie auf ihren Mund und schüttelte den Kopf. Sie hielt ihre Hände hoch in die Luft und formte einen Bart unter ihrem Kinn. Als sie mit den Händen ihre Augen bedeckte und ebenfalls den Kopf schüttelte, brummte der Schmied:

»Ich habe wohl genug verstanden, um zu begreifen, dass deine Geschichte mit Zauberei zu tun hat. Du warst nicht schon immer stumm und ein anderer, von dem du getrennt wurdest, ist jetzt blind.«

Lichtina nickte traurig.

»Wenn es dich tröstet, du bist nicht die Einzige, die von böser Magie ins Unglück gestürzt wurde. Eine Hexe hat mir meine Tochter gestohlen. Über ein Jahr habe ich sie schon nicht mehr gesehen«, murmelte er mit belegter Stimme.

Lichtina nahm die grobe Hand des Schmieds und führte ihn zu einem Schemel. Sie setzte sich ihm gegenüber und bat ihn mit einer Geste zu erzählen, was geschehen war.

Der Schmied räusperte sich und fing dann erstaunlich leise an zu berichten: »Eine schöne vornehme Frau kam eines Tages in meine Schmiede und bat mich, ihr einen kleinen verzierten Kasten zu bauen. Er sollte ein Schloss haben und den Schlüssel dazu wollte sie an einer Kette tragen können. Wir vereinbarten einen Preis und ich schmiedete ein wunderschönes Kästchen mit Blumen und Ranken auf seinem Deckel. Den Schlüssel machte ich zierlich und fein. Als ich ihr den Kasten zu ihrem herrschaftlichen Haus lieferte, wollte sie mir nur die Hälfte dafür zahlen. Sie jammerte, dass der Schlüssel ja so winzig klein und der Kasten sein Geld nicht wert sei. Ich gab ihr die Sachen nicht heraus und wollte sie lieber selbst behalten. Da lenkte sie ein und versprach mir, den Rest am nächsten Tag zu bezahlen. Ich gab ihr nur das Kästchen und behielt den Schlüssel, damit sie auch ja ihr Wort hielt. Sie bat mich, ob nicht meine Tochter den Schlüssel zu ihr bringen könne, ihr wolle sie dann das restliche Geld geben. Ich willigte ein. Es war das letzte Mal, dass ich Stine gesehen habe. Als sie am Abend noch immer nicht zu Hause war, ging ich sie suchen. Das Haus der vornehmen Frau hatte sich in einen hässlichen, stinkenden Bretterverschlag verwandelt. Niemand war da. Ich fand den Schlüssel auf dem Weg liegend.« Der Schmied zog ein Kettchen unter seinem Hemd hervor und zeigte es Lichtina. »Später habe ich dann erfahren, dass die Hütte der Hexe

Morchel gehört hatte. Sie war verschwunden und Stine mit ihr. Seitdem ziehe ich durch die Lande, auf der Suche nach meiner Tochter. Wenn ich Glück habe, finde ich eine verwaiste Schmiede so wie hier und kann ein wenig Geld verdienen. Die Leute sind froh, wenn sie einen Schmied im Ort haben. Ich werde wohl noch ein paar Monate bleiben und dann weiterziehen.«

Lichtina seufzte. *Noch jemand, der auf der Suche ist nach einer Person, die er liebt,* dachte sie betrübt.

Der Schmied mit dem Namen Alberich lud Lichtina ein zum Abendessen zu bleiben. Das gemeinsame Schicksal hatte ihn freundlich gestimmt. Am nächsten Morgen bekam Lichtina noch eine große Portion Hafergrütze zum Frühstück und dann brach sie mit Segens- und Glückwünschen für ihre Reise auf.

Der Weg, den sie eingeschlagen hatte, führte sie am Mittag direkt in einen dunklen Wald. Als Staubelfe fürchtete sie die Schatten und großen Bäume nicht. Die Kühle, die sie umfing, erinnerte sie an ihre Heimat. Beschwingt streifte sie zwischen den Büschen und Sträuchern umher und naschte von den reifen Brombeeren. *Ob es hier auch Staubelfen gibt?*, fragte sie sich hoffnungsvoll.

Sie dachte an ihren Vater, den stattlichen und vornehmen Elf Langrien. Seine Fädchenhaare trug er zu einem kunstvollen Knoten geschlungen, wie ihn die Staubelfenmänner meist trugen. Sein grauer verzierter Rock spiegelte seine Stellung im Volk wider. Er war ein Gelehrter und sehr gebildet und geachtet unter den Elfen. Stets wahrte er die Fassung. Als er davon erfuhr, was Lichtina geschehen war, sah sie ihn das erste Mal in ihrem Leben weinen. Er nahm sie in den Arm und schluchzte herzzerreißend. Lichtina hatte erwartet, dass er schrecklich böse sein würde, weil sie sich nicht an die Regeln der Gemeinschaft gehalten hatte. Stattdessen hatte er gesagt: »Die Liebe kann man nicht verbieten. Sie findet immer einen Weg. Wenn Barthamiel deine wahre Liebe ist, dann wird alles gut werden. Dessen bin ich mir sicher.«

Er hatte sie am dritten Tag des Fluches zum roten Fluss geleitet und sie an Barthamiel übergeben. Dann hatte er Gardenie und Basalt zugenickt und gewartet, bis der Fluch sich erfüllte.

* * *

Als Lichtina neugierig durch eine hohe Hecke geschlüpft war, um zu sehen, was wohl dahinter lag, blieb sie erstaunt stehen. Eine kleine Holzhütte lehnte sich ein wenig schief an eine große Eiche. Aus dem Kamin stieg Rauch. *Wer wohl darin wohnen mag?*, fragte sich Lichtina und ging zu der Tür.

Nach dem ersten Klopfen öffnete eine schöne und freundliche Frau. »Welch Überraschung! Besuch bekommen wir nicht oft hier in unserem Wäldchen, nicht wahr, Tochter?«

Lichtina sah ein Mädchen, das etwas vom Tisch abräumte und gleich darauf in einer Ecke verschwand.

Die Frau bat Lichtina herein. »Sei willkommen und tritt ein.« Die Frau hatte langes, glänzend schwarzes Haar, das ihr fast bis zur Hüfte reichte. Ihre Haut war makellos, ihre roten Lippen sanft geschwungen, nur ihre Augen versprühten eine Kühle, die selbst Lichtina frösteln ließ.

Lichtina zeigte ihr, dass sie nicht sprechen konnte und die Frau musterte sie. »Das macht gar nichts. Mein Töchterlein spricht auch nicht viel.«

Lichtina zeigte mit den Fingern, die sie über den Tisch spazieren ließ, dass sie auf Wanderschaft war. Sie legte eine Hand auf ihr Herz und die andere hielt sie an die Augen, als würde sie etwas suchen.

Die Frau überlegte. »Du suchst also die Liebe?«

Lichtina nickte, denn es stimmte, was die Frau vermutete. Sie suchte Barthamiel, ihre große Liebe.

Lichtina sah die Tochter in der Ecke sitzen. Sie trug einen farblosen Kittel und ein Kopftuch, das ihre Haare ganz verdeckte.

Die Frau gab ihr ein Zeichen. »Hol etwas zu essen und zu trinken aus der Kammer, sei nicht faul, Mädchen, wir haben einen Gast.« Dann stellte sie sich vor: »Ich bin Frau Melchor und das ist meine Tochter Mine.«

Da Lichtina nicht unhöflich sein wollte, nahm sie die Einladung zum Essen an. Während die Frau Teller und Becher holte, sah Lichtina das Mädchen in die Vorratskammer gehen. Die Tür blieb offenstehen und Lichtina sah dort im Schein der Kerze ein Metallkästchen. Es war mit Blumen- und Blätterranken verziert. Für einen Moment stockte ihr der Atem. Als die Frau die offene Türe sah, schlug sie diese eilig zu und schimpfte ungehalten mit dem Mädchen.

Lichtina tat, als hätte sie nichts bemerkt. Während des Essens aber beobachtete sie Mine genau. Dunkle Augenringe hatte sie und sah müde und traurig aus. Wenn Lichtina versuchte, ihr in die Augen zu schauen, dann sah sie schnell zu Boden. *Ist Frau Melchor vielleicht die Hexe Morchel und Mine dann die Tochter des Schmieds?,* fragte sich Lichtina bestürzt. Sie wollte der Sache auf den Grund gehen und hoffte, das Mädchen kurz allein sehen zu können. Nach dem

Essen verspürte Lichtina aber plötzlich eine große Müdigkeit. Sie konnte sich kaum auf den Beinen halten und Frau Melchor bot ihr ein Lager für ein kurzes Schläfchen an.

* * *

Als Lichtina erwachte, dämmerte bereits der Morgen. Das Mädchen saß mit einer Kerze am Tisch und nähte. Lichtina winkte dem Mädchen. Das sah sie nur traurig an und machte mit seiner Arbeit weiter. Lichtina setzte sich zu ihm und sah sich fragend in der Hütte um.

»Sie ist auf den Markt gegangen«, sagte Mine leise.

Lichtina nahm ihr Nadel und Faden aus der Hand, stellte sich vor sie und tat so, als schlüge sie mit einem Hammer, dann drückte sie einen unsichtbaren Blasebalg und blies in ein unsichtbares Feuer.

Im Gesicht des Mädchens zeigte sich das erste Mal eine freudige Regung. »Ein Schmied, du spielst die Arbeit eines Schmieds«, sagte es munter.

Lichtina nickte. Dann deutete sie auf das Mädchen und machte eine suchende Geste.

Die Augen des Mädchens wurden auf einmal hellwach. »Er sucht mich, mein Vater sucht mich?«

Lichtina nickte. Sie nahm das Mädchen bei der Hand und wollte mit ihm zur Tür hinaus.

Doch das Mädchen hielt sie fest. »Wir können nicht hinaus. Frau Melchor ist in Wahrheit eine Hexe. Auf Türen und Fenstern liegt ein Zauber. Ich wäre sonst schon längst weggelaufen. Dich will sie ebenfalls behalten. Sie hat dir einen Schlafzauber in dein Essen getan.«

Lichtina ging zur Kammer und holte den kleinen Kasten, den sie am Vortag entdeckt hatte.

Das Mädchen machte große Augen. »Du weißt von dem Kasten?«, fragte es erschrocken.

Lichtina nickte.

»Dann kennst du meinen Vater wirklich. Hat er dir von dem Kasten erzählt?«

Lichtina nickte erneut. Dann deutete sie auf das Kästchen.

Das Mädchen blickte vorsichtig zum Fenster. »Sie wird gegen Mittag wieder da sein und dann beenden, wobei du sie gestern gestört hast.« Ängstlich räumte es den kleinen Kasten wieder an seinen Platz und begann zögerlich zu erzählen: »Morchel ist eine furchtbar eitle Hexe. Sie ist schon sehr alt, aber damit abfinden will sie sich nicht. In der Früh bietet sie ihre Kräuter auf den Märkten feil. Wenn eine Frau, die ihr gefällt, an ihrem Stand etwas kauft, schlingt sie ihr ein unsichtbares Band um die Hand und findet so in der Nacht darauf ihr Haus und kann unbehelligt hinein. Sobald die Frau schläft, schneidet sie ihr die Haare ab und nimmt ihr dadurch ihre Jugend und Schönheit. Am nächsten Morgen, wenn die Frau erwacht, ist sie alt und grau. Die Haare sammelt Morchel in dem Kästchen und einmal in der Woche schlüpft sie hinein und badet darin. So bleibt sie jung und schön.«

Lichtina schüttelte sich angewidert bei dieser grausigen Geschichte.

Die ersten Sonnenstrahlen schienen bereits warm durch die Stube. Lichtina überlegte verzweifelt, wie sie sich und Stine aus dieser unglücklichen Lage befreien konnte, als ihr Blick am erloschenen Feuer des Kamins hängenblieb. Sie hatte eine Idee und fasste einen Plan. Sie zeigte Stine, wie sie, erwärmt durch die Sonne, fliegen konnte. Dann stellte sie mit ihren Händen wieder Hammer und Blasebalg dar und bat das Mädchen um den Ring, den es an seiner linken Hand trug.

»Den hat Vater für mich gemacht«, zögerte Stine. Schließlich gab sie ihn der Elfe.

Lichtina lächelte Stine aufmunternd zu und schwebte durch den Kamin nach draußen.

Nervös winkte ihr die Tochter des Schmieds am Fenster zu und Lichtina machte sich auf den Weg. Sie hatte mit ihrer Vermutung recht behalten. Auf dem Kamin lag kein Zauber. Die Hexe hatte nicht damit gerechnet, dass jemand durch ihren Kamin ausbrechen könnte.

Diesmal hielt sich Lichtina nicht in dem Schatten der Bäume auf. Sie hüpfte von Sonnenstrahl zu Sonnenstrahl und erreichte so in kürzester Zeit den Rand des Waldes. Dann flog sie eilig den Weg zurück zur Hütte des Schmieds. Außer Atem schob sie das braune Tor auf. Noch nie war Lichtina so lange geflogen.

Alberich machte gerade Feuer und staunte nicht schlecht, die Staubelfe nach so kurzer Zeit wiederzusehen. »Hast du etwas vergessen, Elfe?«, brüllte er ihr zu.

Lichtina hielt ihm den Ring seiner Tochter unter die Nase.

Der Schmied stutzte, dann musste er sich vor Schreck setzen. »Stine!«, ächzte er und sah Lichtina fragend an.

Lichtina beschrieb ihm mit den Händen den Wald und die Hütte, in der sie Stine gefunden hatte. Alberich sprang sogleich auf und wollte seine Tochter holen gehen. Doch Lichtina hielt ihn auf. Sie schüttelte den Kopf. Dann formte sie mit den Händen eine Tür und zeigte ihm, dass er in die Hütte nicht hineinkonnte, da ein Zauber darauf lag. Wie gerne wollte sie ihm erklären, was sie vorhatte. Der Schmied sah sie flehend an. »Was kann ich nur tun, um sie zu retten?«, murmelte er verzweifelt.

Lichtina nahm seine Hand und legte sie auf ihr Herz. Dann zeigte sie auf den Schlüssel, den er um den Hals trug. Sie hielt die Hand auf und bat ihn, ihr den Schlüssel zu geben.

»Du willst den Schlüssel?«, fragte er vorsichtig.

Lichtina nickte. Der Schmied nahm den Schlüssel von der Kette. »Ich vertraue dir. Was soll ich tun?«

Lichtina sah sich um. Sie nahm einen Stock und malte den Weg zum Wald und zur Hütte in den staubigen Boden. Dann malte sie eine Hecke vor die Hütte und Alberich, der mit einem langen Seil dahinter saß und wartete.

»Das ist der Weg zum Haus der Hexe und ich soll hinter einer Hecke warten und ein Seil mitbringen«, erriet der Schmied aufgeregt.

Lichtina nickte und lächelte. Dann eilte sie aus der Werkstatt hinaus.

Alberich stürzte hinterher. »Gehen wir nicht gemeinsam?«

Lichtina stellte sich in die Sonne, ließ sich von ihr wärmen und flog los. Alberich verstand. Er konnte zwar rennen, aber so schnell wie eine fliegende Elfe war er beileibe nicht. An der Hütte angekommen, flog Lichtina wieder durch den Kamin hinein.

Stine wartete schon ganz aufgeregt. »Du bist zurück! Ich bin so froh, dass du rechtzeitig da bist. Morchel kann jede Minute kommen.« Dann fragte sie vorsichtig: »Ist mein Vater auch da?«

Lichtina nickte und legte den Finger auf den Mund. Die Tochter des Schmieds setzte sich wieder an den Tisch und nähte. Lichtina setzte sich daneben und tat so, als sei sie verzweifelt und unglücklich.

Als die Hexe kurz darauf die Stube betrat, schaute sie sich nach Lichtina um. »Was guckst du so deprimiert?«, sagte sie mit süßer Stimme. »Hast du gemerkt, dass du aus meiner Hütte nicht mehr hinauskannst?«

Lichtina schniefte kummervoll.

Die Hexe lachte. »Ha, du gehörst jetzt mir, wie die Mine, die einst Stine hieß. Aber keine Angst, von deinen Fädchen schneide ich nichts ab. Wer weiß, was dann passiert? Staubig und grau will ich ja nicht aussehen.« Dann herrschte sie Stine an. »Geh, Mädchen, und hole meinen Kasten.« Und zu Lichtina gewandt sagte sie: »Sieh zu und staune.«

Stine stellte das hübsch verzierte Kästchen auf den Tisch. Die Hexe holte ein paar Büschel Haare aus ihrem Korb und öffnete den Kasten. Darin lagen Haare in allen Farben und Beschaffenheiten: blonde lockige, braune glatte, rote krause, schwarze kurze und einige mehr. Die Hexe legte neue Strähnen dazu, murmelte ein paar Worte, die Lichtina nicht verstand, und schwuppdiwupp fuhr sie in den kleinen Kasten hinein.

Lichtina sprang sogleich auf und schlug den Deckel zu. Sie holte den Schlüssel des Schmieds hervor und flugs sperrte sie das Kästchen ab. Zweimal drehte sie den Schlüssel um. Kaum hatte sie den Schlüssel abgezogen, wurde aus dem Inneren wütendes Geheul laut.

»Wer wagt es, mich hier einzusperren? Lasst mich raus. Ich bin die mächtige Hexe Morchel. Wollt ihr wirklich meinen Zorn auf euch ziehen? Lasst mich raus! Was bringt es euch, mich hier einzusperren? Ihr könnt aus der Hütte ohne mich

nicht hinaus.« Dann kicherte sie böse. »Ihr werdet
elendiglich verhungern.«

Stine schaute Lichtina ängstlich an. »Was machen wir jetzt?
Sie hat doch recht! Ich werde hier nicht herauskommen.«

Lichtina stellte sich am Fenster in die Sonne. Sie schwebte
ein Stück, umarmte Stine, nahm das Kästchen und flog
damit zum Schornstein hinaus. Hinter der Hecke saß schon
der Schmied und wartete. Lichtina zeigte ihm den kleinen
Kasten, aus dem ein fürchterliches Gezeter drang.

»Ist die Hexe darin?«, freute sich Alberich.

Lichtina nickte und zeigte, was sie mit dem Schlüssel getan
hatte. Der Schmied nahm den kleinen Kasten. »Ich weiß
schon, was ich tun werde. Damit sie nie wieder hinauskann,
werde ich drei dicke Eisenbänder darum schmieden.«

Lichtina nickte zustimmend. Dann zeigte sie auf die Hütte
und der Schmied konnte seine Tochter am Fenster stehen
sehen.

»Stine«, rief er voller Freude. Lichtina nahm das Seil,
schwebte im Sonnenlicht hoch zum Kamin und warf das
Seilende hinein. Alberich eilte hinzu und kurz darauf zog er
Stine aus dem Schornstein heraus.

Voller Freude nahm er seine Tochter in die Arme. »Liebe
Elfe«, dröhnte es kurz danach durch den Wald, »wie kann
ich dir jemals danken? Ich bin so unendlich froh, dass ich
meine Stine wiederhabe.«

Die Tochter des Schmieds wischte sich die Augen. »Komm
doch mit und bleibe bei uns. Ich wäre dir die beste Freundin
auf Erden.«

Doch Lichtina dachte an ihren Barthamiel und ihr Herz zog
sie weiter.

Als sie den Schlüssel zurückgeben wollte, schüttelte der Schmied den Kopf. »Den brauche ich nicht mehr. Behalte ihn als Andenken an uns.«

Die Elfe umarmte den Schmied und seine Tochter, nahm den Schlüssel und steckte ihn zu dem Fläschchen mit den Freudentränen unter ihren Kittel. Sie legte eine Hand auf ihr Herz und zeigte mit der anderen in die Ferne. Sie winkte den beiden noch und flog dann mit dem nächsten Sonnenstrahl davon.

Barthamiel und Goldulak

Die Stadt war laut und unübersichtlich. Barthamiel hatte zwar einen Stock, mit dem er sich vorsichtig durch das Gewirr der Straßen bewegen konnte, dennoch kam er nur langsam voran. Er fühlte sich klein und hilflos trotz seiner Größe. Auf dem Markt hatte er nach einer Staubelfe gefragt, aber die wenigsten hatten je eine gesehen und die, die wussten, wie eine aussah, hatten das letzte Mal vor Jahren Berührung mit diesen Wesen gehabt. Als er an einem Brunnen hielt, weil er Durst verspürte, sprach ihn ein Mann an.

»Bist du ein Bettler? Dann verschwinde hier, ich gebe nichts.«

Barthamiel antwortete höflich: »Nein, guter Mann, ich bin kein Bettler. Ich bin ein Bartriese, der unverschuldet blind geworden ist. Ich möchte hier nur einen Schluck Wasser trinken und dann gehe ich meiner Wege. Ich bin auf der Suche nach einer Staubelfe, ihr Name ist Lichtina.«

Der Mann brummte etwas Unverständliches und ließ Barthamiel stehen.

Der Bartriese seufzte. Warum begegneten ihm hier in der Stadt die Menschen nur so unfreundlich?

»Hast du Durst, großer Mann?«, sprach ihn eine Kinderstimme von der Seite an.

»Ja, sehr großen Durst«, antwortete Barthamiel ehrlich.

»Warte, dann gebe ich dir eine Kelle voll«, sagte das Kind freundlich.

Barthamiel hörte, wie ein Kübel in den Brunnen geworfen wurde und kurz darauf das Rasseln der Kette. Jemand drückte ihm eine Kelle mit Wasser in die Hand. Barthamiel trank sie in einem Zug leer. »Wenn du eine Elfe suchst«, sagte die Jungenstimme, »solltest du im Zirkus nachschauen. Mein Vater war gestern mit mir in der Vorstellung. Dort gab es auch ein Kuriositätenkabinett. Da war eine Frau, die hatte einen Bart, der war länger als deiner. Und ein Mann, der war so hässlich, dass ich am liebsten schreiend davongelaufen wäre. Es gab auch eine Elfe.«

Barthamiel wurde neugierig. »Eine Elfe sagst du?«

»Ja, sie war wunderschön. So zart, mit langen Haaren und durchsichtigen Flügeln. Ihr Kleid schimmerte in allen Farben. Vielleicht ist das ja deine Elfe.«

Der Bartriese schüttelte enttäuscht den Kopf. »Nein, leider nicht. Die Elfe, die ich suche, ist luftig und leicht, in einem wunderhübschen Blassgrau, und sie hat Fädchenhaare, die lustig im Wind tanzen. Aber ich danke dir für das Wasser und dafür, dass du mir helfen wolltest.«

Der Junge gab Barthamiel noch einen Schöpfer voll und ging dann zu seinem Vater, der ungeduldig nach ihm rief.

Der Gedanke an den Zirkus ließ Barthamiel nicht mehr los. Die Elfe, die der Junge ihm beschrieben hatte, war nicht seine Lichtina, aber vielleicht hatte sie von ihr gehört oder wusste, wo man nach ihr suchen konnte.

Der Bartriese schaffte es, sich die nächste Stunde bis zum Zirkus durchzufragen. Dort sprach er die erste Person an, die ihm begegnete. »Ihr habt eine Elfe in Eurem Kabinett der Absonderlichkeiten?«

»Wenn du sie sehen willst, musst du Eintritt bezahlen«, bekam er von einer Frau zur Antwort. »Aber beeile dich, das Kabinett schließt in zehn Minuten.«

Barthamiel schüttelte den Kopf. »Ich bin blind, ich kann sie nicht sehen. Ich wollte sie nur etwas fragen.«

Die Frau zögerte. »Du bist blind? Und du bist auch kein Mensch? Was bist du und warum willst du unsere Estra befragen?«

Barthamiel räusperte sich. »Ich bitte um Entschuldigung. Ich hätte mich erst vorstellen sollen. Ich bin ein Bartriese, der durch einen Zauber blind und von seiner Liebsten getrennt wurde. Sie ist eine Staubelfe. Ihr Name ist Lichtina. Ich dachte, vielleicht weiß Eure Elfe, wie ich Lichtina finden kann.«

Die Frau hakte Barthamiel unter. »Mein Name ist Margalie. Komm erst einmal mit mir. Ich bringe dich zu Don Rosso, der kümmert sich darum, dass unser Kuriositätenkabinett immer gut bestückt ist. Estra wird dir da nicht helfen können.« Sie flüsterte ihm vertraulich zu. »Estra ist gar keine echte Elfe. Sie ist nur sehr hübsch. Don Rosso hat ihr ein paar besonders gelungene Flügel an ihr Kostüm nähen lassen. Die Leute glauben wirklich, sie seien echt.«

Don Rosso war ein lustiger und freundlicher Mann, der viele Artisten, Künstler und besondere Menschen in seiner Zirkustruppe vereinte. »Sie sind alle wichtig«, verriet er Barthamiel. Er lud ihn auch gleich zu Eintopf und Brot ein und hörte sich seine Geschichte an. »Es tut mir sehr leid, aber eine Staubelfe habe ich mindestens seit zehn Jahren nicht mehr gesehen. Ich hätte wirklich gerne eine in meinem Kabinett. Die Menschen mögen es, wenn man ihnen fremde Wesen vorführt«, erklärte er dem jungen Bartriesen.

Barthamiel musste einen ziemlich unglücklichen Eindruck gemacht haben, denn Don Rosso ergänzte: »Du kannst gerne eine Zeit lang mit uns ziehen. Wir kommen viel herum. Vielleicht erfährst du unterwegs etwas von deiner Staubelfe.«

Barthamiel nahm das Angebot dankbar an. Er sollte sich allerdings seinen Lebensunterhalt im Zirkus verdienen und da er als Blinder in der Manege nicht zu gebrauchen war, teilte ihm Don Rosso einen Platz im Kuriositätenkabinett zu. Margalie, die Frau für alles, überschminkte ihm seine rote Nase, stutzte ihm seinen Bart und steckte ihn in normale Menschenkleidung, auch wenn sie an der Hose ein Stück ansetzen musste. Barthamiel wurde nun zum blinden stärksten Mann der Welt und die Besucher des Zirkus sollten beim Armdrücken ihre Kräfte mit ihm messen.

Goldulak, der ebenfalls in dem Kabinett arbeitete, hatte noch genügend Platz in seinem Wagen und bot dem Bartriesen gleich an, dass er sich gerne bei ihm einrichten konnte. Barthamiel mochte Goldulak von Anfang an. Der Mann hatte eine leise freundliche Stimme und er wählte seine Worte immer genau und mit Bedacht. Das, was er sprach, war nie ohne Bedeutung.

Der Zirkus zog am nächsten Tag weiter und Barthamiel saß neben Goldulak auf dem Pferdewagen und erzählte ihm von den Bartriesen, den Staubelfen und von dem schrecklichen Zauberer Zeolith und seinem Fluch. Er erzählte ihm von Lichtina und sein Herz wurde schwer.

Goldulak spürte die Traurigkeit des Bartriesen und stimmte ein heiteres Liedchen an, um Barthamiel ein wenig zu trösten.

Barthamiel machte seine Sache als stärkster blinder Mann gut. Die Menschen kamen und bestaunten ihn. Wenn ein paar besonders vorwitzige Kerle kamen, um sich mit ihm zu messen, ließ er sie erst einmal gewinnen, um ihnen dann ihr Geld abzunehmen, wenn sie mit ihm wetteten. Don Rosso hatte ihm erklärt, wie er es anstellen musste.

Wenn die Menschen Goldulak sahen, gab es meist Geschrei und ängstliches Gequietsche. Die Frauen fürchteten sich und die Männer hatten nur hämische Worte für den hässlichsten Mann der Welt. Die wenigsten bedauerten ihn, die meisten machten sich lustig und zogen über ihn her.

Barthamiel fühlte sich jedes Mal unwohl, wenn eine neue Gruppe Menschen durch das Kabinett geführt wurde und bei Goldulak stehen blieb. *Wie können die Menschen nur so gemein sein,* dachte er bei sich, auch wenn alles nur gespielt war.

Als die beiden am Abend am Feuer saßen, fragte er Goldulak: »Wie kommt es, Goldulak, dass du beim Zirkus gelandet bist? Du hörst dich sehr gebildet an. Du wirkst auf mich wie ein Mensch, der in ein feines Haus gehört, der etwas zu sagen hat und dem andere gerne zuhören. Stattdessen spielst du Goldulak, den hässlichsten Mann der Welt, und erschreckst die Besucher des Zirkus. Margalie muss ganze Arbeit leisten mit ihrer Schminke, wenn ich höre, wie die Menschen über dich reden.«

»Du bist blind und siehst nicht, was die anderen sehen«, antwortete ihm der Mann. »Es gibt hier in diesem Kabinett der Absonderlichkeiten auch Lebewesen, die nicht falsch sind wie die Elfe mit den unechten Flügeln oder Matronka mit dem angeklebten Bart.« Dann kicherte er. »Oder der stärkste blinde Mann der Welt, der eigentlich ein Bartriese ist. Unsere dicke Bollka ist wirklich so dick. Sie braucht ein

Fass, auf dem sie sitzen kann, da jeder Stuhl unter ihr zusammenbricht. Und auch ich bin echt, so wie ich bin und mich die Menschen sehen. Barthamiel, ich bin entsetzlich entstellt. Mein eines Auge hängt ein ganzes Stück tiefer in meinem Gesicht. Es sieht aus, als würde es herausfallen. Meine Ohren sind groß wie Teller, meine Nase ist schief, als hätte ich mich zu oft geprügelt, und meine Lippen sind blutrote fleischige Wülste. Haare habe ich nur auf einer Seite und der Buckel auf meinem Rücken lässt mich nie geradestehen. Ich habe krumme kurze Beine und meine Arme hängen wie bei einem Affen herab. So sehe ich aus, das bin ich, Goldulak, der hässlichste Mann der Welt.«

Barthamiel schwieg betreten. »Ich dachte, das wäre alles nur gespielt«, flüsterte er entschuldigend. »Ich dachte, du bist nur ein Mime wie viele andere hier auch. Es tut mir leid zu hören, dass das Schicksal dich so hart getroffen hat. Aber ich kann dir sagen, für mich bist du schön. Ich höre deine Stimme, fühle deine Freundlichkeit und Wärme, die du den anderen entgegenbringst. Du bist höflich und hilfsbereit. Innen drin bist du einer der schönsten Menschen, die ich kenne und ich bin sehr froh, dich zum Freund zu haben.«

»Ich danke dir für deine Worte, Barthamiel«, antwortete ihm Goldulak. »Hier im Zirkus geht es mir gut. Hier akzeptieren mich die anderen, so wie ich bin. Zirkusleute sind anders. Sie kennen das Außergewöhnliche, das Besondere macht ihnen keine Angst. Deshalb bin ich hier. Als Don Rosso mich entdeckte, hat er mich ganz höflich gebeten, mit ihm und seiner Truppe zu reisen. Er hat mir eine Arbeit angeboten, die erste in meinem Leben überhaupt. Keiner hat gelacht, keiner hat mich verspottet. Ich war sofort ein Teil dieser bunten Truppe. Hier stört es keinen, dass ich aussehe wie ich aussehe.«

Barthamiel nickte. Seine Gedanken wanderten zu Lichtina. *Sie würde die Zirkusleute mögen. Sie würde auch Goldulak mögen. Vielleicht, eines Tages, wenn wir uns wiedergefunden haben, könnten wir ja hier leben,* dachte der Bartriese hoffnungsvoll. *Vielleicht.*

Goldulak gab Barthamiel noch einen großen Schöpfer voll Eintopf, den Margalie zubereitet hatte, und ließ ihn seinen Gedanken nachhängen. Er wusste um den Kummer des jungen Bartriesen und störte sich nicht daran, dass er oft abwesend war.

Barthamiel und Goldulak lagen bereits auf ihren Lagern für die Nacht, als eine weibliche Stimme vor dem Wagen leise rief: »Goldulak? Goldulak, bist du da? Hier ist Philine.«

Goldulak keuchte erstaunt auf, als er den Namen hörte. »Philine?«

Die Leiter zum Wagen knarzte leise und die Plane wurde zurückgeschlagen. »Ich habe dich heute nach der Vorstellung gesehen. Mein Mann und meine Kinder wollten unbedingt in das schreckliche Kabinett. Aber ich wollte nicht. Nicht bevor ich mit dir gesprochen habe.«

Goldulak schwieg.

»Ich möchte dich bitten, dich nicht zu erkennen zu geben. Meine Familie weiß nichts von dir. Ich habe ihnen nie erzählt, dass ich einen Bruder habe«, sagte die Frau zögernd.

Barthamiel setzte sich auf. Goldulak schwieg noch immer. Die Frau erschrak, als sie merkte, dass sich noch jemand in dem Wagen befand. Doch Goldulak beruhigte sie. »Das ist Barthamiel, ein guter Freund. Du kannst vor ihm reden.«

Goldulaks Schwester fragte: »Also, kann ich mich auf dich verlassen? Du wirst doch nicht sagen, dass du mein Bruder bist, wenn ich mit meiner Familie komme?«

Goldulak flüsterte, als er antwortete. »Unser Geheimnis ist gut bei mir verwahrt. Komm nur ruhig mit deinen Kindern und deinem Mann und schaue dir mit ihnen den hässlichsten Mann der Welt an. Ich werde nichts sagen.«

Barthamiel wurde bei dieser Unterhaltung sehr traurig. Nicht einmal die eigene Schwester hatte einen Platz für Goldulak in ihrem Leben. War seine ganze Familie so gewesen? War dies der Grund, warum er zum Zirkus gegangen war? Der Bartriese dachte an seine eigene Familie, die er zurückgelassen hatte. Seine Mutter war so tapfer gewesen, als sie ihn zum roten Fluss begleitete. Und Basalt, sein Vater, hatte ihn lange umarmt. Er war erst am Abend, bevor sich der Fluch erfüllen sollte, nach Hause gekommen. Als er davon erfuhr, sprach er lange mit Barthamiel. Keine Vorwürfe, keine Strafpredigt. Er gab ihm nur Ratschläge. Wie er sich unter den Menschen verhalten sollte, wie er als Blinder gut zurechtkommen würde. Er schenkte ihm seinen Stock, der ihm selbst auf Wanderschaft gute Dienste geleistet hatte, und er nahm ihm das Versprechen ab, zurückzukehren, wenn er seine Lichtina gefunden hatte. Dass er sie finden würde, davon war Basalt überzeugt. »Ein Bartriese gibt niemals auf. Ich glaube an dich, mein Sohn. Ihr werdet euch finden.«

Barthamiel dachte mit Wehmut an seine Heimat. Und an seine Lichtina. Wie es ihr wohl erging?

Goldulaks Schwester Philine verabschiedete sich mit einem kurzen »Adieu« und huschte dann aus dem Wagen, so leise und schnell wie sie gekommen war.

Bevor Barthamiel auch nur ein Wort sagen konnte, sprach Goldulak: »Du musst nicht schlecht über sie denken. Sie musste ihr halbes Leben mit dieser Schande zurechtkommen. Als wir noch Kinder waren, hat sie mich oft in Schutz genommen. Dafür hatte sie nie Freunde. Die anderen Kinder wollten nichts mit mir und auch nichts mit ihr zu tun haben. Als sie dann eine junge Frau wurde, hat sich ihr Verhalten geändert. Philine ist eine wahre Schönheit, musst du wissen. Die jungen Männer kamen in Scharen, um ihr den Hof zu machen, und rannten genauso schnell wieder weg, wenn sie mich sahen. Wir zogen oft um und dann verliebte sie sich und bat mich, mein Äußeres nicht mehr zu zeigen. Ich versteckte mich im Haus. Blieb im Dunkeln. Philine hatte das erste Mal ein normales Leben. Als dann die Gerüchte kursierten, sie hätte einen missgestalteten Bruder, verleugnete sie dies und ich ging weg und traf irgendwann Don Rosso. Den Rest der Geschichte kennst du.« Barthamiel rutschte zu seinem Freund und legte ihm die Hand auf die Schulter. »Es tut mir so leid. Aber du hast jetzt hier deine Familie.« Der Bartriese spürte, dass sein Freund ein paar Minuten für sich brauchte, und kletterte aus dem Wagen. »Ich hole noch einen Schluck zu trinken«, flunkerte er und tastete sich mit seinem Stock zwischen den Wagen hindurch. Nach ein paar Metern hörte er ein leises Schluchzen. Eine Frau weinte wenige Schritte von ihm entfernt. Barthamiel wusste, dass es dunkel war, und so sprach er die Frau vorsichtig an. »Bitte erschrick nicht. Ich habe dein Weinen gehört. Kann ich dir irgendwie helfen?«

Die Frau antwortete zaghaft: »Du bist doch der große Mann aus Goldulaks Wagen?«

Barthamiel erkannte die Stimme von Philine. »Und du bist seine Schwester. Ich kann dich nicht sehen, denn ich bin blind, aber dein Bruder hat mir erzählt, du seist eine große Schönheit.«

Die Frau fing bitterlich an zu weinen. »Schönheit ist vergänglich«, schluchzte sie. »Aber was ich tue, ist hässlich. Das wird an mir haften bleiben – mein Leben lang! Ich verleugne meinen Bruder. Meine Kinder wissen nicht, dass sie einen Onkel haben, der unglaubliche Geschichten erzählen kann, der liebevoll und fürsorglich ist. Ich bin eine schlechte Schwester. Aus Angst, die Menschen könnten sich von mir abwenden, wende ich mich von meinem Bruder ab.«

Wieder wurde sie von heftigem Schluchzen geschüttelt. »Ich bin die einzige Familie, die er hat, und ich verwehre sie ihm.«

Barthamiel tat die Frau leid. »Goldulak hat jetzt eine neue Familie«, sagte er beschwichtigend. »Die Menschen vom Zirkus mögen ihn. Sie sehen seine Hässlichkeit nicht. Sie sehen nur, was für ein schöner Mensch dein Bruder innen drin ist. Es geht ihm gut und er fühlt sich in dieser Welt wohl. Du musst dich nicht selbst bestrafen. Er weiß, dass du ihn liebst.«

Philine schwieg eine Weile nach Barthamiels Worten. Dann fragte sie: »Hat er das gesagt?«

»Nein«, antwortete der Bartriese ehrlich. »Aber ich höre, dass du ihn liebst. Seit ich mein Augenlicht verloren habe, sehe ich mit meinen Ohren. Und meine Ohren sagen mir: Philine liebt ihren Bruder. Und Goldulak weiß das.«

Plötzlich hatte es die Frau eilig. »Ich muss gehen, mein Mann und meine Kinder werden sich schon sorgen. Sag ihm, nein, sag ihm nichts.«

Dann hörte Barthamiel noch ein Rascheln und sie war verschwunden.

»Was hast du so lange getrieben?«, fragte ihn Goldulak, als er zurück im Wagen war. »Ich wollte dich schon suchen gehen.«

»Ich war ein wenig spazieren«, schwindelte Barthamiel. Er hatte beschlossen, Goldulak nichts von dem Vorfall zu erzählen.

Die Zeit der Weiterreise war gekommen.

Barthamiel erleichterte auch am letzten Tag einige Halbstarke um ihr am Morgen verdientes Geld. Goldulak saß stiller als sonst in dem Kabinett, machte keine Grimassen und gab auch keine erschreckenden oder gruseligen Laute von sich, wenn die Menschen zu ihm kamen. Der Bartriese wusste warum. In der letzten Vorstellung, bevor der Zirkus weiterzog, versammelte Don Rosso die ganze Truppe in der Manege. Nicht nur die Clowns, die Artisten und die Akrobaten, sondern auch die Kuriosen und Besonderen verabschiedeten sich von dem Publikum. Matronka mit dem Bart warf gutgelaunt Küsse in die Menge. Die dicke Bollka ächzte und schnaufte bei jedem Schritt, die Elfe Estra tänzelte flügelschlagend durch die Manege und auch Barthamiel und Goldulak reihten sich ein, um zu winken.

Die Menschen klatschten begeistert und als der Applaus leiser wurde, stand plötzlich eine Frau aus der Menge auf und deutete auf Goldulak.

»Das ist mein Bruder«, rief sie begeistert. »Ist er nicht der schönste hässlichste Mann der Welt?«

Es wurde still in der Manege. Die Menschen drehten sich zu der Frau um. Es war Philine. Sie nahm ihre Kinder an die Hand und deutete wieder auf Goldulak. »Seht, das ist euer Onkel Goldulak und ich liebe ihn sehr. Viel zu lange habe ich ihm das schon nicht mehr gesagt.« Dann rief sie: »Ich bin stolz auf dich, Goldulak, und ich bin stolz darauf, deine Schwester zu sein. Und wem das nicht passt, der soll zu mir kommen und es mir ins Gesicht sagen.«

Vereinzelt war Geflüster zu hören. Die Menschen tuschelten hinter vorgehaltener Hand.

Barthamiel durchbrach als erster die Stille. Er klatschte in die Hände und rief mit seinem herrlichsten Bariton: »Es lebe die Familie, es lebe die Liebe.«

Die Zirkusleute fielen sofort mit ein und nach und nach klatschte auch das Publikum mit.

Philine kam mit ihren Kindern nach unten. Sie zwängte sich durch die Reihen und stand dann endlich vor ihrem Bruder. »Es tut mir so leid. Kannst du mir je verzeihen?«, flüsterte sie ihm zu.

Goldulak nahm sie wortlos in die Arme. Barthamiel stand daneben und sein Herz hüpfte vor Freude. *Wie wunderbar,* dachte er, *dass sie sich wiederhaben.* Philine war auf der Suche gewesen nach dem, der in ihrem Leben fehlte, und als sie es endlich begriffen hatte, konnte sie ihn auch finden.

Der Zirkus brach an diesem Abend nicht sofort wie sonst nach der letzten Vorstellung auf. Don Rosso ließ von Margalie einen besonderen Eintopf mit viel Fleisch kochen und Philine und ihre Kinder waren herzlich eingeladen.

Philines Mann kam nicht, aber Philine war dennoch bester Laune.

Als alle zusammen beim Essen saßen, verkündete Goldulak: »Ich werde beim Zirkus bleiben. Philine hat mir angeboten, in ihrem Haus zu wohnen und bei ihr und ihrer Familie zu leben, aber ich habe beschlossen, dass mein Platz hier ist. Aber einmal im Jahr wollen wir uns sehen und uns besuchen.«

Bis spät in die Nacht feierte die Zirkustruppe mit Goldulak und seiner Schwester. Als sie aufbrach, wandte sie sich an Barthamiel: »Ich bin froh, dass Goldulak so einen wunderbaren Freund hat wie dich. Ich möchte mich bei dir für deine Worte bedanken, die mir gestern Nacht endlich die Augen geöffnet haben.« Sie zog einen Ring vom Finger und drückte ihn Barthamiel in die Hand. »Dieser Ring ist von unserer Mutter. Sie liebte Goldi bis zu ihrem letzten Atemzug.«

Goldulak brummte ein wenig.

Philine kicherte. »Sein Spitzname ist Goldi. Er mag ihn gar nicht gerne hören. Ich möchte, dass du den Ring bekommst. Goldulak hat mir von dir und Lichtina erzählt. Ich bin mir sicher, du wirst sie finden, und dann sollst du ihr den Ring schenken. Du brauchst einen Ring, wenn du einst Hochzeit halten willst.«

Barthamiel brachte keinen Ton hervor. Er umarmte Philine und Goldulak, steckte den Ring in sein Wams und dachte an Lichtina. *Ja, ich werde Hochzeit halten. Ich werde Lichtina finden.*

Lichtina und Rauhpelz

In jedem Städtchen suchte sie, in jedem Ort, durch den sie kam, fragte sie mit ihren Händen nach Barthamiel. Doch von einem blinden Bartriesen hatte niemand etwas gehört. Lichtina wanderte unermüdlich. Bei gutem Wetter flog sie, bei Regen zog sie ihr Kopftuch über und lief. Ihre Sehnsucht wurde größer und größer.

In einem kleinen Dorf, das nur aus drei Höfen bestand, gönnte sie sich eine Pause. Sie aß ein paar Beeren, die sie gefunden hatte, und trank Wasser aus dem Brunnen. Plötzlich hörte sie eine garstige Stimme und ein schreckliches Jaulen.

»Verschwinde, du alter nichtsnutziger Köter. Du bekommst kein Futter. Wenn du deine Arbeit nicht mehr tun kannst, dann gibt es auch nichts mehr zu fressen für dich.«

Lichtina drehte sich um und sah gerade noch, wie ein Mann einem Hund einen Tritt verpasste, sodass dieser an seiner Kette durch den halben Hof flog. Jaulend blieb der Hund liegen. Der Mann lief auf den Hund zu und holte erneut aus, doch Lichtina war bereits an seiner Seite. Der Mann erschrak. »Bei allen Heiligen! Wo kommst du auf einmal her?«

Lichtina machte ein finsteres Gesicht und flog aufgebracht im Sonnenlicht in die Höhe. Dann fuchtelte sie wild mit den Armen. Sie wollte dem Bauern sagen, dass er seinen Hund nicht mehr treten soll, doch der Mann verstand etwas ganz anderes. Er dachte, Lichtina hätte magische Kräfte und wolle ihn verzaubern.

Schnell wich er zurück, rannte angsterfüllt über den Hof und rief: »Du kannst den Hund haben, ich will ihn nicht mehr. Nimm ihn und lass mir mein Leben. Er heißt Rauhpelz.« Dann sprang er in sein Haus und schlug die Tür hinter sich zu.

Lichtina schwebte zu dem Hund und besah sich seinen geschundenen Körper. Blut lief aus einer Wunde an seinem Hals. Er atmete nur noch flach und wimmerte ganz leise. Fieberhaft überlegte Lichtina, wie sie dem Hund helfen könnte. Sie nahm ihr Kopftuch und tränkte es mit Wasser aus dem Brunnen. Dann hielt sie es dem Hund vor seine Schnauze. Der Hund schleckte dankbar über das kühle Nass. Dann wedelte er kaum merklich mit dem Schwanz und öffnete die Augen.

Lichtina sah den Schmerz und das Leid der vergangenen Jahre. Wütend drehte sie sich zu dem Haus um und hielt drohend eine Faust nach oben. *Wenn doch nur mein Bartha-miel bei mir wäre*, dachte sie traurig. *Er könnte die Kette zerreißen.*

Der Hund schloss die Augen und wurde ganz still.

Lichtina ahnte, dass der Tod sehr nahe war. *Ich möchte ihm so gerne helfen, er soll so nicht sterben. Wer so viel Jammer und Qualen erfahren musste, hat doch auch ein wenig Glück verdient,* schrie sie innerlich. Verzweifelt saß Lichtina neben dem Hund und streichelte ihm vorsichtig über das Fell.

Dann kam ihr ein Gedanke.

Glück! Was dieser Hund braucht, ist Glück. Schnell holte sie das Fläschchen mit den Glückstränen des Prinzen Jano unter ihrem Kittel hervor und entkorkte es. Sie träufelte die Trä-nen auf die Schnauze des Hundes. Der Hund seufzte tief und

Lichtina dachte, es sei schon zu spät. Doch dann öffnete er die Augen und die Schmerzen waren aus ihnen verschwunden. Die Elfe lachte lautlos und klatschte in die Hände. Sie konnte kaum glauben, was gerade geschehen war. Dann holte sie den Schlüssel des Schmieds und drehte ihn hin und her. *Kann es sein ...,* dachte sie und steckte ihn in das Schloss am Halsband. Und tatsächlich, der Schlüssel passte. Sie drehte den Schlüssel um und das Schloss sprang auf.

Nach wenigen Minuten hatte Rauhpelz sich erholt und konnte schon wieder stehen. Er wedelte mit dem Schwanz und leckte Lichtina dankbar die Hand.

Lichtinas Herz war erfüllt von so viel Glück, dass sie selbst ein paar Tränen vergoss. *Barthamiel würde gefallen, was ich getan habe,* lachte sie innerlich. *Du bist frei, du kannst gehen, wohin du willst. Der böse Bauer kann dir nichts mehr tun,* versuchte sie dem Hund mit ihren Händen mitzuteilen. Sie zeigte auf das Haus und schüttelte den Kopf, dann zeigte sie auf den Weg, doch der Hund blieb sitzen. Lichtina versuchte es noch ein paar Mal, aber er rührte sich nicht von der Stelle.

Nach einer Weile machte sich Lichtina auf, den Hof des schrecklichen Bauern zu verlassen. Rauhpelz folgte ihr und wich ihr von da an nicht mehr von der Seite. Egal, wohin sie ging, ob sie flog oder lief, sie hatte nun einen ständigen Begleiter.

An diesem Abend machte Lichtina ein kleines Feuer, da es kühl geworden war. Rauhpelz hatte sich ein Rebhuhn gefangen und Lichtina buk einen Fladen aus Körnern, die sie am Wegesrand eingesammelt hatte. Nach dem Essen legte sich der Hund zu ihren Füßen und ließ sich sein ruppiges Fell streicheln. Lichtina lächelte ihn an. *Ich würde so gerne mit dir reden und dir sagen, wie froh ich bin, dass du bei mir bist,* dachte sie bedauernd.

Oh, wir können doch miteinander reden, hörte sie da plötzlich eine warme Stimme. Verwundert drehte sich Lichtina um, um zu sehen, wer da sprach.

Hier unten, ich bin es, dein Rauhpelz. Der Hund sah sie mit seinen ehrlichen braunen Augen an, aber seine Schnauze bewegte sich nicht. *Nun schau doch nicht so verdutzt. Ich habe nur eine Stimme zum Bellen und Jaulen. Natürlich kann ich nicht reden wie ein Mensch.*

Jetzt merkte Lichtina, dass sie die Stimme nur in ihrem Kopf vernahm. Erstaunt dachte sie: *Du kannst hören, was ich denke?*

Ja, das kann ich, und du hörst, was ich denke, gab ihr Rauhpelz sogleich zur Antwort.

Aber wie ist das möglich? Die Gedanken der anderen höre ich doch auch nicht. Lichtina begriff nicht, was hier geschah.

Es liegt daran, dass du mir das Leben gerettet hast. Nun haben wir eine Bindung, die kann keiner mehr trennen. Ich höre dich und du hörst mich, dafür brauchen wir keine Stimmen, gab ihr Rauhpelz wieder zur Antwort.

Lichtina genoss es, sich mit Rauhpelz zu unterhalten. Sie legte ihm ihre Gedanken offen und der Hund teilte seine mit ihr. Für Außenstehende sah es aus, als schwiegen die beiden in einvernehmlicher Ruhe.

Rauhpelz erzählte ihr von seinem Leben bei dem herzlosen Bauern. Der hatte ihn als jungen Hund auf dem Markt gekauft, und seitdem musste er an der Kette liegen und den

Hof bewachen. Als er langsam alt und müde wurde, gab der Bauer ihm immer weniger zu fressen, sodass er fast verhungert wäre. Rauhpelz war der Staubelfe unendlich dankbar für ihre Hilfe und Liebe. Er war jetzt ihr Hund und wollte für immer bei ihr bleiben.

Lichtina erzählte ihm ihre Geschichte, wie sie Barthamiel kennengelernt hatte, und von dem schrecklichen Fluch des Zauberers Zeolith. Sie berichtete von ihrer geteilten Heimat, dem roten Fluss, und was der Zauberer damit gemacht hatte. Rauhpelz war außer sich.

Er knurrte leise und versprach, Lichtina zu beschützen.

Die Elfe kraulte den Hund zwischen den Ohren und schüttelte zaghaft den Kopf. *Ich danke dir für deinen Mut. Aber gegen den Zauberer kommen wir wohl nicht an. Barthamiels Mutter erzählte von einem Dorf der Menschen, in dem der Zauberer eine Zeit lang gelebt hatte. Sie fürchteten sich vor ihm. Er nahm sich die schönsten Töchter als Gespielinnen und die stärksten Söhne als Diener. Jegliches Aufbegehren wurde bestraft. Die Menschen riefen in ihrer Not die Naturgeister zu Hilfe. Da Zeolith auch die Natur für seine Zwecke missbrauchte und plünderte, halfen sie den Menschen und verbannten den Zauberer. Seitdem leben die Menschen dort mit der Natur im Einklang. Es heißt, die Geister hätten das Dorf nicht verlassen und beschützen die Menschen dort, von denen sie sehr verehrt werden.*

Lichtina war froh einen Gefährten zu haben, der sie auf der Suche nach Barthamiel unterstützen würde.

Rauhpelz bot sich auch sogleich an, seine Spürnase einzusetzen und nach Barthamiel zu suchen. Die Elfe hatte ihm auch von ihrem Kummer und ihrer Suche nach dem

Bartriesen erzählt. *Bartriesen riechen ganz besonders*, verriet sie dem Hund. *Sie riechen nach Wärme und Stein und nach Suppe. In ihrem Bart bleiben immer ein paar Tröpfchen hängen.*

Rauhpelz hörte aufmerksam zu. *Ich kenne diesen Geruch. Vor einer Woche ist ein Zirkus an unserem Hof vorbeigezogen. Es gab viel zu riechen für meine Nase. Ich weiß noch, wie ich mich freute, ein wenig Abwechslung zu haben. Die Hofkette war nicht lang genug, dass ich etwas sehen konnte, aber die Gerüche haben mir erzählt, wer gerade vorbeifuhr. Ich roch ein Gemisch aus Würde, Schönheit und Verständnis, gleich neben einer Mischung aus Stein, Wärme und Suppe. Es waren zwei Männer. Einer davon war kein Mensch.*

Lichtina zappelte vor Aufregung. *Das war Barthamiel. Das war mein Barthamiel*, rief sie innerlich begeistert aus. *Schaffst du es, die Spur des Zirkus wieder aufzunehmen?*

Rauhpelz wedelte mit dem Schwanz. *Ich bin ein Hund. Ich finde den Zirkus für dich*, antwortete er fröhlich.

Schnell packte Lichtina ihre wenigen Habseligkeiten zusammen und Rauhpelz lief entschlossen voran, die Nase tief am Boden.

Barthamiel und Hannele

Barthamiel beschloss, noch ein wenig mit dem Zirkus zu reisen. Unterwegs fragte er bei jedem Halt nach seiner Lichtina, doch niemand hatte von einer stummen Staubelfe gehört. Don Rosso wurde die Kunde von einer königlichen Hochzeit zugetragen. Die Königin suchte fahrendes Volk für die Feier ihres Sohnes. So machte sich Don Rosso mit seiner Truppe auf den Weg, um in dem nahegelegenen Schloss vorstellig zu werden und vielleicht die Gelegenheit zu bekommen, auf einer herrschaftlichen Hochzeit die Gäste unterhalten zu können.

Die Königin hatte bereits viele Gaukler, Zauberkünstler und einen Zirkus vor Ort, aber an dem Kuriositätenkabinett des Zirkus von Don Rosso war sie sehr interessiert. »So etwas gefällt mir«, quietschte sie entzückt, als Don Rosso ihr von seiner Truppe berichtete. »Ich habe erst eine kuriose Nummer. Stelle mir heute Abend deine angepriesenen Besonderheiten vor. Dann werde ich entscheiden, ob du bleiben kannst.«

Don Rosso und Margalie bereiteten für den Abend alles sehr sorgsam vor. Matronkas Bart wurde besonders fest ange-klebt, denn Don Rosso befürchtete, dass die Königin daran ziehen könne. Die Elfe Estra bekam einen Hauch Goldpuder mehr als sonst auf ihre Flügel und die Anweisung, sich im Hintergrund zu halten. Aus der Nähe konnte man die Nähte ihres Kostüms erkennen. Goldulak blieb so, wie er war, und Barthamiels Nase wurde frisch überschminkt.

Die arme Bollka musste sich schon eine Stunde früher auf den Weg machen, damit sie auch ja rechtzeitig kam.

76

Der Königin gefiel, was sie sah, und Don Rosso und seine Truppe durften bleiben. Der Zirkus schlug sein Lager außerhalb der Schlossmauern auf und unterhielt die anreisenden Gäste oder die Menschen aus den umliegenden Orten. Das Kabinett der Abnormitäten bekam einen Platz im Schloss, welches für die Hochzeit, die in zwei Tagen stattfinden sollte, vorbereitet wurde.

Barthamiel und Goldulak erkundeten in der Zwischenzeit vorsichtig den Schlossgarten. Goldulak hatte noch nie einen solch herrlichen Springbrunnen gesehen. Er beschrieb ihn seinem Freund. Neugierig näherten sich die beiden dem plätschernden Wasser.

»Ein prächtiger Springbrunnen, nicht wahr?« Eine bildschöne Frau trat hinter dem Brunnen hervor und schaute Barthamiel und Goldulak teilnahmslos an.

Goldulak musste blinzeln, da er von der strahlenden Schönheit der Frau geblendet wurde. Ihr goldenes Haar fiel in sanften Wellen über ihre Schultern. Ihre Haut wirkte wie feinstes Porzellan und in ihren großen blauen Augen konnte man meinen das Meer zu sehen. Sie war von Kopf bis Fuß makellos.

»Seid Ihr die Prinzessin?«, fragte Goldulak ehrfürchtig und versuchte sein Antlitz zu verbergen, um sie nicht zu verschrecken.

»Nein«, gab ihm die Frau tonlos zur Antwort. »Ich bin Hannele. Ich gehöre zur Truppe von Barbas dem Starken. Wir sind Gaukler, Artisten und Schauspieler, und ich bin die kuriose Frau der Gruppe.«

Barthamiel, der sie nicht sehen konnte, fragte: »Oh, dann haben wir den gleichen Broterwerb. Ich bin Barthamiel, der

77

stärkste blinde Mann, und das ist mein Freund Goldulak, der hässlichste Mensch der Welt. Was ist deine Besonderheit?«
Goldulak kam der Frau zuvor. »Sie ist wohl die schönste Frau der Welt, Barthamiel. So einen fehlerfreien Menschen habe ich noch nie gesehen.«
Die Frau musterte erst Barthamiel und dann Goldulak. Sie schien weder angewidert, noch fürchtete sie sich vor seinem Aussehen. »Ja, vielleicht bin ich die schönste Frau der Welt, aber ich bin auch die traurigste. Ich bin bekannt als Hannele, die Schönheit ohne Lachen.« Dann verabschiedete sie sich von den beiden und ging zurück zum Schlosshof.
Nach einer Weile fragte Barthamiel: »Du bist so schweigsam, Goldulak. Was ist los?«
»Irgendetwas stimmt mit dieser Hannele nicht«, gab ihm Goldulak nachdenklich zur Antwort. »Sie ist schön, ohne Zweifel. Nie habe ich eine schönere Frau gesehen. Aber ihre Schönheit wirkt, ich weiß auch nicht, wie ich es sagen soll, irgendwie falsch.«
»Wie meinst du das? Ist sie vielleicht geschminkt, so wie meine Nase, oder trägt sie Goldpuder, so wie die falsche Elfe?«, fragte Barthamiel, der nun neugierig geworden war.
»Nein, nein, das meine ich nicht. Jeder Mensch, jedes Lebewesen hat irgendwo einen Fehler. Die Natur ist nicht perfekt. Diese Hannele ist es aber.« Goldulak sah ihr gedankenverloren hinterher.
Die ersten Gäste waren im Schloss eingetroffen und die Mimen, Gaukler und Zauberer sollten am Abend für Unterhaltung sorgen. Auch das Kabinett von Don Rosso und die kuriose Frau waren nun gefragt und wurden von den Gästen bestaunt.

Barthamiel und Hannele waren in einem anderen Zimmer untergebracht als Matronka mit dem Bart, die dicke Bollka und Goldulak. Sie kamen in die Kammer, in der die Gäste Geld wetten konnten, wenn ihnen danach war.

Gegen Barthamiel, den stärksten blinden Mann, konnten sie ihre Kraft unter Beweis stellen und mit ihm Armdrücken. Bei einem Mann aus einer anderen Truppe, Krister, der Mann mit den schnellen Fingern, durften die Gäste ihre Schnelligkeit und ihr gutes Auge beweisen. Der Mann versteckte ein Geldstück unter einem von drei Bechern und die Menschen mussten raten, wo sich das Geldstück befand.

Und Hannele, die Schönheit ohne Lachen, sollte von den Gästen zu irgendeiner Regung veranlasst werden.

Sie erzählten ihr Witze, zogen die lustigsten Grimassen, machten Scherze und trieben Faxen, dass kein Auge trocken blieb. Doch Hannele lachte nicht. Sie saß einfach auf ihrem Stuhl und gab keinen Laut von sich.

Barthamiel lauschte gespannt, wenn gerade niemand mit ihm Armdrücken wollte. Er hörte die Gäste losprusten, vor Vergnügen quietschen, aus vollem Halse lachen und in albernes Gelächter ausbrechen, doch von Hannele hörte er nichts. Er selbst ließ sich von dieser heiteren und ausgelassenen Stimmung anstecken und musste oft mitlachen bei all den Witzen, seltsamen Geräuschen und Albernheiten, die er hörte. *Wie macht sie das nur*, fragte Barthamiel sich verblüfft. *Kein Mensch kann doch ohne Lachen sein.*

Als die Gäste zur königlichen Tafel gerufen wurden, verließen auch Barthamiel und all die anderen Gaukler, Schausteller und Mimen ihre Plätze, setzten sich gemeinsam ans Lagerfeuer und aßen.

Hannele saß direkt neben Barthamiel und Goldulak. Sie löffelte ein wenig von der Suppe, die Barbas, der Starke, gekocht hatte, und knabberte an einem Fladen. Ihr Gesicht war ausdruckslos. Die Leute, die sie noch nie gesehen hatten, starrten sie fasziniert an. Es herrschte eine unangenehme Stille am Lagerfeuer.

Goldulak wischte den Löffel an seiner Hose ab und beobachtete Hannele. Sie sah so verloren aus in ihrer Schönheit zwischen all dem fahrenden Volk, beobachtet und begafft. Goldulak räusperte sich und fing an zu erzählen. Er erzählte die Geschichte von dem Mädchen mit den Bernsteinaugen, die eine Meerjungfrau zur Mutter und einen Menschen zum Vater hatte. Das Mädchen war in keiner der beiden Welten zu Hause. Im Meer fiel sie auf mit ihrer rosigen Haut und den braunen Haaren, auch fehlte ihr der Fischschwanz und die Fähigkeit, lange unter Wasser zu bleiben. An Land tuschelten die Menschen über ihre Augen, die wie Bernstein in der Sonne funkelten und die nur Meerjungfrauen besaßen. Ihre Füße waren missgestaltet und so fiel ihr das Laufen schwer und sie hatte Schmerzen bei jedem Schritt. Essen wie Brot und Fleisch vertrug sie nicht und so aß sie meist rohen Fisch.

Eines Tages traf das Mädchen einen reichen Jüngling, der ihr sehr zugetan war. Er liebte ihre schönen Bernsteinaugen, er ließ eine Sänfte für sie bauen, dass sie nicht mehr laufen musste, und ließ ihr Fisch und Algen zubereiten. Der junge Mann schwor ihr, sie sei das Schönste, was er je zu Gesicht bekommen habe. Keine andere wolle er je mehr lieben als sie. Das Mädchen war glücklich. Sie wollte gerne ein richtiger Mensch für ihn sein, damit sie mit dem jungen

Mann ein normales Leben führen konnte. Und so ging sie zum Meer und bat die Meerhexe, ihr die Gaben des Meeres zu nehmen. Dafür bezahlte sie mit dem Schlüssel all ihres zukünftigen Glücks, denn was brauchte sie mehr Glück als jenes, das sie mit dem jungen Mann schon gefunden hatte? Sie erhielt schöne zierliche Füße, ihr Magen vertrug nun Fleisch und Brot und ihre Augen wurden blau wie der Himmel.

Der junge Mann war erschrocken, als er sie so sah. Sie war nun nichts Besonderes mehr. »Es waren deine Bernsteinaugen«, sagte er ihr, »in die ich mich verliebt habe. Nun hast du sie nicht mehr, und ich weiß nicht, ob ich dich noch weiter lieben kann.« Kurze Zeit später traf er eine Frau mit roten Haaren und verliebte sich in sie. Einen Monat später hielten sie Hochzeit.

Das Mädchen aber wollte vor Kummer nicht mehr leben. Es ging zum Meer, um sich darin zu ertränken. Doch ihre Mutter, die Meerjungfrau, kam und bat sie inständig weiterzuleben. Sie bat die Meerhexe, ihre Tochter doch in eine richtige Meerjungfrau zu verwandeln, auf dass sie sie ganz zu sich nehmen könnte. Doch auch die Macht der Meerhexe hatte Grenzen. Sie konnte nur rückgängig machen, um was das Mädchen sie gebeten hatte, den Schlüssel zum Glück behielt die habgierige Alte. Damit war das Mädchen wieder halb Mensch und halb Meerjungfrau. Eine Zeit lang lebte es bei seiner Mutter, bis es wieder an Land musste, um sich vom kräftezehrenden Meer zu erholen. Doch kaum an Land fiel dem Mädchen der junge Mann wieder ein und die Trauer um ihre verlorene Liebe erdrückte es fast. Da stand es nun, mit seinen verkrüppelten Füßen und seinen leuchtenden Bernsteinaugen, und wusste nichts mit seinem Leben anzufangen, alles zukünftige Glück war ihm verwehrt. Der reiche Jüngling indes saß mit seiner schönen rothaarigen Frau beim Mittagsmahl und verschwendete keinen Gedanken mehr an das Mädchen. Da kam ein Bote und brachte ihm ein Bündel.

Er öffnete es und fand darin die leuchtenden Bernsteinaugen, in die er einst so verliebt gewesen war. Was aus dem Mädchen geworden ist, weiß niemand. Vielleicht hat es sich doch ins Meer gestürzt, vielleicht irrt es seitdem blind durch die Lande. Der junge Mann aber erschrak bei dem Anblick der Augen so sehr, dass sein Herz aussetzte und er starb.

Die Menschen am Lagerfeuer hatten Goldulaks Geschichte gebannt gelauscht. Mit seiner wunderbaren Stimme hatte er sie in seinen Bann gezogen, hatte sie entführt in eine Welt aus Wundern, Glück und Trauer. Einige wischten sich verstohlen die Augen, andere tranken noch einen Schluck Wein, um die Geschichte hinunterzuspülen.

»Jetzt musst du aber noch etwas Fröhliches erzählen«, bat Matronka mit dem Bart. »Sonst kann ich heute Nacht nicht schlafen.« Andere stimmten ihr zu und so fing Goldulak an, die lustige Geschichte von dem Esel und dem Huhn zu erzählen. Hannele aber ging nach der Geschichte von dem Mädchen mit den Bernsteinaugen. Barthamiel, der ihre Tränen auf seiner Hand gespürt hatte, erhob sich ebenfalls und folgte ihr leise. Im Schlossgarten beim königlichen Springbrunnen fand er sie.

Fast wäre ihr Wehklagen im Plätschern des Brunnens untergegangen, aber Barthamiel hatte zwischenzeitlich ein so feines Gehör entwickelt, dass er es dennoch wahrnahm.

»Hannele, magst du mir erzählen, was dich so bedrückt?«, sprach er sie behutsam an.

»Mein Schicksal habe ich mir selbst zuzuschreiben. Ich brauche kein Mitleid«, flüsterte sie. »Es gibt Geschichten, die bleiben besser unausgesprochen.«

Barthamiel setzte sich neben sie an den Brunnenrand und erzählte ihr seine Geschichte. Er erzählte von seinem Land, dem roten Fluss und Lichtina. Er berichtete ihr von dem Fluch und von der Suche nach seiner wahren Liebe. »Nie werde ich aufgeben, sie zu suchen. Hoffnung gibt es immer, hat meine Mutter gesagt. Für jeden! Auch deine Geschichte birgt bestimmt die Möglichkeit, sich irgendwann zum Besseren zu wenden.«

Hannele hatte Barthamiels Hand genommen. »Es ist schön, jemanden wie dich zu kennen. Du bist so voller Zuversicht und Vertrauen in die Zukunft. Deine Geschichte ist traurig, aber es gibt Hoffnung. Wenn ihr euch wahrlich so liebt, wie du es mir beschrieben hast, dann werdet ihr euch auch finden. Aber ich habe mein Schicksal verwirkt. Hoffnung gibt es für mich nicht.«

Sie schwieg eine Weile und fing dann zögerlich an zu erzählen: »Ich hatte in meinem Leben nie wirklich Freude. Meine Eltern starben, als ich noch ein Säugling war, und so musste ich in einem Heim aufwachsen. Dort war es kalt und düster, und ich meine nicht nur das Haus. Die Frau, die dort die Aufsicht hatte, war herzlos. Sie mochte keine Kinder und das ließ sie uns jeden Tag spüren. Wir mussten hart dafür arbeiten, dass wir etwas zu essen bekamen. Es gab Küchenabfälle von den umliegenden herrschaftlichen Häusern. Eines Tages suchte ein vornehmes Paar neue Dienstmädchen und sie nahmen mich und noch zwei weitere Mädchen aus dem Heim mit sich. Endlich, dachte ich, würde mein Leben besser werden. Doch die Dienstherrschaft war noch grausamer als die Frau aus dem Heim. Sie schlugen uns, ließen uns arbeiten bis zum Umfallen. Zwei, drei Stunden Schlaf, am Abend ein trockenes Brot, das war mein Leben für viele Jahre.

Dann wurde ein neuer Stallbursche eingestellt und ich verliebte mich in ihn. Doch seine Gefühle waren nicht echt. Er machte mir den Hof, aber es war nur ein Spiel für ihn. Als ich ihn im Stall erwischte, wie er eine andere Frau küsste, und ihn zur Rede stellte, lachte er mich nur aus. Ich wäre nichts Besonderes, nur ein kleines gewöhnliches Mädchen mit einem langweiligen Äußeren, hausbacken und nichtssagend. Ich müsse ihn schon teilen oder mich trollen, sagte er mir kalt ins Gesicht.

Als ich in dieser Nacht weinend auf meinem Lager keinen Schlaf finden konnte, stand plötzlich eine Gestalt im Schatten meiner Kammer. Sie sagte zu mir: »Hannele, mein armes Ding. Du hast in deinem Leben wahrlich noch nie etwas zu lachen gehabt. Eigentlich hast du doch gar keine Verwendung dafür. Verkaufe mir dein Lachen und ich gebe dir dafür, was du willst.«

Ich erkannte, dass das der Teufel war. Aber ich hatte keine Angst. Seine Worte sprachen die Wahrheit. Wann hatte ich je gelacht? Und es würde sich wohl auch nichts daran ändern. Ich verkaufte dem Teufel also mein Lachen und er gab mir dafür Schönheit. Nie wieder wollte ich mittelmäßig und fade sein. Dass Schönheit ohne Lachen die Leute aber mehr abschreckt als anzieht, habe ich erst viel später begriffen.

Die anderen Mädchen wollten nichts mehr mit mir zu tun haben, den Dienstherrschaften wurde ich unheimlich und so entließen sie mich kurz darauf. Ich traf dann auf Barbas, den Starken, und seine Truppe. Er gab mir einen Platz zum Arbeiten. Hier werde ich geduldet. Das ist meine Geschichte.« Hannele seufzte. »Es gibt keine Hoffnung. Ich habe einen Vertrag mit dem Teufel gemacht.«

Barthamiel schwieg lange und dachte über Hanneles Geschichte nach. »Was würdest du tun, wenn du dein Lachen zurückbekämest?«, fragte er sie schließlich.

»Ich würde Goldulak anlächeln«, sagte sie aus tiefster Überzeugung.

»Goldulak?« Barthamiel war überrascht.

»Ja, er ist so ein wunderbarer Mensch. Er spürt, wie es einem geht. Er sorgt sich um andere und er kann so wunderbar erzählen. Seine Stimme ist wie Samt. Im Grunde ist er gar nicht hässlich. Ich würde ihm gerne zeigen, dass ich ihn mag.«

»Sag, Hannele, würdest du deine Schönheit dafür eintauschen und wieder die Hannele sein wollen, die du vorher warst? Und damit auch deine Arbeit bei Barbas aufgeben?«, fragte der Bartriese. Er musste sich ganz sicher sein.

»Von ganzem Herzen, ja!«, gab die junge Frau zurück.

Barthamiel überlegte nun nicht mehr lange. Er holte den Sack mit dem Lachen der Familie Schuhlos unter seinem Wams hervor und sagte: »Halte nur ganz still und vertraue mir. Ich will sehen, ob man dem Teufel nicht doch ein Schnippchen schlagen kann.«

Dann öffnete er den Sack und goss dessen Inhalt über Hannele aus. Ein wunderbares, sonniges, von Glück erfülltes Lachen war auf einmal zu hören. Hannele wurde darin eingehüllt wie in eine warme Decke. Das Lachen legte sich auf ihre Haut wie ein sanfter Regen, kroch ihr in jede Pore. Hannele saß ganz still und wie aus dem Nichts kam plötzlich ganz tief aus ihr erst ein zaghaftes, dann ein immer lauter werdendes, befreites Lachen. Sie saß am Rande des Brunnens und lachte, bis ihr die Tränen kamen. Außer Atem fragte sie: »Was hast du gemacht, Barthamiel? Es ist so unglaublich. Es ist das schönste Gefühl auf der Welt.«

»Ich habe dir ein Lachen geschenkt, dass mir selbst einmal geschenkt wurde. Ich dachte mir, du brauchst es vielleicht nötiger als ich.«

Hannele umarmte ihn stürmisch, dann sah sie in den Schlossbrunnen. Im Schein der Laternen konnte sie ihr Spiegelbild im Wasser erkennen.

»Der Vertrag ist gelöst. Meine Schönheit ist dahin. Ich bin wieder die gewöhnliche Hannele, die ich schon immer war. Aber es macht mir nichts. Ich habe mein Lachen wieder.«

»Du bist nicht gewöhnlich, du warst es auch nie«, hörte sie plötzlich eine Stimme hinter sich. Goldulak war unbemerkt dazugekommen und hatte beobachtet, was geschehen war.

Hannele drehte sich nach ihm um und lächelte ihn an. »Aber meine Nase ist viel zu kurz, meine Augen stehen zu weit auseinander und meine Haare sind viel zu hell und zu dünn.«

Goldulak kicherte. »Was soll ich denn da sagen?«

Für einen kurzen Moment stutzte Hannele, während Barthamiel schon vor Vergnügen wieherte, und dann fiel sie in das unbeschwerte Lachen der beiden mit ein.

Barthamiel war sich sicher, richtig gehandelt zu haben. Lichtina hätte gefallen, was er gerade gemacht hatte.

Nach einer Weile beschloss er, dass Goldulak und Hannele ein wenig Zeit für sich haben sollten, und zog sich leise zurück. Kurz bevor er um die Ecke war, rief ihm Hannele noch nach: »Vielleicht kann ich dir auch eine Freude bereiten. In der Schlossküche habe ich gehört, dass vor zwei Monaten eine Staubelfe zu Prinz Janos Unterhaltung hier gefangen war. Sie brachte den Prinzen und seine zukünftige Frau Alisan zusammen. Zum Dank hat der Prinz sie freigelassen. Sie wollte sich auf die Suche machen nach dem, den sie liebt. Sie ging wohl in Richtung des großen Waldes davon. Die Elfe war stumm.«

Noch in dieser Nacht brach Barthamiel auf. Er verabschiedete sich von Don Rosso und der gesamten Truppe. Er umarmte Goldulak und Hannele und wünschte den beiden alles Glück der Erde. So schnell er konnte, tastete er sich mit seinem Stock voran.

Als der Morgen zu dämmern begann, hörte er bereits die Vögel ihr Morgenlied anstimmen. Der Wald war nicht mehr weit.

Lichtina und der Zauberer

Lichtina war guter Dinge. Bald würde sie ihren Barthamiel wieder in die Arme schließen können. Rauhpelz lief zügig voran. Er hatte eine Spur aufgenommen und war ganz in seinem Eifer gefangen. Sie ließ den Hund vorauseilen und pflückte sich ein paar Beeren an den letzten Sträuchern des Waldes. Als sie den Waldrand erreicht hatte, traf sie auf einen alten Mann. Der saß da in Lumpen gehüllt, seinen Hut tief ins Gesicht gezogen.

»Oh bitte«, sagte er, als er Lichtina bemerkte. »Habt ihr vielleicht etwas zu essen für einen armen alten Mann?«

Lichtina hatte Mitleid und legte ihm die Beeren, die sie eben gepflückt hatte, in den Schoß.

Als sie weitergehen wollte, murrte der Alte: »Mehr hast du nicht? Was bist du doch für ein geiziges Mädchen!«

Lichtina, die nicht antworten konnte, ärgerte sich, ging zu dem Mann und zog ihm seinen Hut herunter, um ihm ins Angesicht zu sehen. Sie erschrak fürchterlich, als sie sein Gesicht erkannte. Es war nicht das eines alten Mannes.

Die Augen funkelten sie listig an. Sie waren kalt und böse. Die Haare des Mannes waren grau wie ein Fels und auch seine Haut wirkte, als wäre sie aus Stein gehauen.

Lichtina wurde es ganz seltsam zumute. Sie rief mit ihrer inneren Stimme nach Rauhpelz, doch der schien sie nicht zu hören.

Da richtete der Mann sich auf, warf die Lumpen weg und stand da, in einen edlen schwarzen Mantel gehüllt. Zischend sprach er Lichtina an: »Du brauchst nicht nach deinem Hund zu rufen. Er hört dich nicht. Als er vorüberlief, habe ich ihn vom Wasser des Vergessens trinken lassen. Das einfältige Tier hat gerne angenommen, was ich ihm angeboten habe. Falls du Rauhpelz jemals wieder begegnest, wird er dich nicht mehr kennen.«

Lichtina wusste sofort, wem sie da gegenüberstand. Niemand anderes als Zeolith, der schwarze Zauberer, konnte solch böse Magie vollbringen.

»Du warst schon so nahe dran, deinen Barthamiel zu finden. Das konnte ich nicht zulassen. Schattenglanz habe ich nicht haben können, aber du bist mir genauso recht«, grinste er sie hämisch an.

Entsetzt schüttelte Lichtina den Kopf.

»Ich mache dir ein Angebot«, flüsterte ihr Zeolith mit süßer Stimme zu. »Du kommst mit mir, erhältst deine Stimme wieder und lebst mit mir in meiner Burg in den Bergen. Dafür gebe ich deinem Barthamiel sein Augenlicht zurück. Ich lösche sein Gedächtnis wie das des dummen Hundes. Er wird sich nicht an dich erinnern und glücklich und frei zu seinem Volk zurückkehren können.«

Lichtina wollte nicht mit dem Zauberer gehen. Aber konnte sie so egoistisch sein und Barthamiel sein Augenlicht ver-wehren?

Zeolith sah, dass sie zögerte. »In drei Tagen komme ich wieder und verlange von dir eine Entscheidung. Kommst du nicht mit mir, werdet ihr euch bis an euer Lebensende suchen. Ich werde es schon zu verhindern wissen, dass ihr euch begegnet.« Er kniff die Augen zusammen und raunte der Staubelfe noch zu: »Mach keine Dummheiten und tu dir ja kein Leid an, der Bartriese wird für jede Unbedachtheit von dir bezahlen. Ich sehe und höre alles.«

Dann gab es einen Knall und der Zauberer war in einer Säule aus Rauch verschwunden. Lichtina zitterte am ganzen Leib. Was sollte sie nur tun?

Sie rief noch einmal in ihren Gedanken nach Rauhpelz, doch es kam keine Antwort. Der Zauberer hatte wahr gemacht, was er ihr erzählt hatte. Rauhpelz kannte sie nicht mehr. Zeolith hatte ihre Verbindung getrennt. Verzweifelt sah sie sich um. Was sollte sie tun? Wo konnte sie hin? Zeolith würde sie überall finden. Traurig und ohne Hoffnung wanderten ihre Blicke über den Waldrand. Der Wald hatte etwas Tröstliches.

Da sie nicht wusste, wie es nun weitergehen sollte, lief sie in den Schutz der Bäume zurück. Dort fühlte sie sich sicher. Dort kannte sie sich aus.

Rauhpelz

Schon von weitem sah er Lichtina und den alten Mann. Rauhpelz schüttelte sich. Die Benommenheit ließ langsam nach. Von dem Wasser, welches ihm der seltsame Mann zu trinken angeboten hatte, war ein komischer Geruch ausgegangen: Bitter, faulig und krank. Rauhpelz wollte nicht abweisend erscheinen und hing seine raue Zunge in den dargebotenen Napf. Nachdem der Mann weitergegangen war, spuckte der Hund das Wasser aus. Er fühlte sich ein wenig schwindelig und der Nebel in seinem Kopf ließ ihn kurze Zeit vergessen, was er gerade machte. Doch jetzt war wieder alles klar. Er half Lichtina, ihren Barthamiel zu finden. Er suchte nach dem Zirkus, mit dem der Bartriese reiste.

Rauhpelz rannte zu der Elfe, um sie vor dem alten Mann zu warnen. Sie sollte nicht von dem fauligen Wasser trinken. Doch der Hund stutzte. Der Mann hatte seine Lumpen abgeworfen. Dunkel und gefährlich wirkte er jetzt. *Zeolith, der schwarze Zauberer*, hörte er Lichtinas Gedanken. Der Zauberer zischte der Elfe etwas zu. Rauhpelz versteckte sich im Gebüsch. Sein feines Gehör nahm jedes Wort wahr. »Du brauchst nicht nach deinem Hund zu rufen. Er hört dich nicht. Als er vorüberlief, habe ich ihn ein wenig vom Wasser des Vergessens trinken lassen. Das einfältige Tier hat gerne angenommen, was ich ihm angeboten habe. Falls du ihm jemals wieder begegnest, wird er dich nicht mehr kennen.«

Der Hund spürte Lichtinas Angst. Schon wollte er zu ihr, um sie zu trösten, doch er hielt inne. Der Zauberer würde einen anderen Weg finden, um sie zu trennen und zu verhindern, dass er der Staubelfe half. *Nein*, dachte Rauhpelz, *ich lasse den Zauberer in dem Glauben, dass seine Magie gewirkt hat.*

Zeolith schlug Lichtina einen abscheulichen Handel vor. Er wollte die Elfe ganz für sich allein. Rauhpelz spürte eine tiefe Wut, die ihn gefährlich knurren ließ. Sein Fell sträubte sich. Am liebsten würde er den bösen Mann in seine Wade beißen. Doch Rauhpelz zügelte sich und trottete in die andere Richtung davon. Er würde Barthamiel finden und er würde einen Weg finden, mit Lichtina zu sprechen, ohne dass der Zauberer davon Wind bekam.

Wind, ging es Rauhpelz durch den Kopf und ihm fiel die Geschichte ein, die Lichtina ihm von dem Dorf der Menschen und den Naturgeistern erzählt hatte. Bei dem Gedanken daran wurde seine Schnauze vor Genugtuung ganz breit. Er wusste nun, was zu tun war.

Rauhpelz und das Menschendorf

Rauhpelz vertraute seiner guten Nase und seiner Intuition. Er roch Gefahr und spürte Angst und böse Gedanken.
Nachdem er zwei Dörfer durchquert, einige Fußtritte und Schmähungen ertragen hatte, fand er einen Weg, der ihm freundlich erschien. Er wurde von geradezu heiterer Stimmung erfasst. Rauhpelz versteckte sich dennoch, wenn er jemanden sah. Er glaubte zwar nicht, dass der Zauberer dorthin unterwegs war, aber er wollte kein Risiko eingehen. Zwischendurch hatte er eine Witterung aufgenommen, die von einem Bartriesen hätte stammen können. Es roch genauso, wie Lichtina es ihm beschrieben hatte. Rauhpelz markierte die Stelle. Dort würde er den Geruch wiederfinden, aber erst musste er noch etwas erledigen. Der Hund war sich sicher, dass er das Dorf der Menschen finden würde, welches Zeolith vor langer Zeit verbannt hatte. Die Tränen des Glücks, die ihm das Leben gerettet hatten, machten aus ihm einen Glückspilz. Er glaubte ganz fest daran. Er hatte in Lichtina eine wunderbare Herrin und Freundin gefunden, er hatte nicht von dem Wasser des Vergessens getrunken, er hatte die Spur von Barthamiel gerochen. Rauhpelz wusste, als die ersten Dächer in der Ferne auftauchten, dass er richtig war. In diesem Dorf würde er die Naturgeister finden und sie um Hilfe bitten. Er wusste noch nicht, wie er das anstellen sollte, aber er hatte ja das Glück auf seiner Seite.
Die Menschen in dem Dorf begegneten ihm freundlich. Keiner hatte ein böses Wort für ihn oder trat nach ihm, wie er es sonst gewohnt war.

Ein Kind brachte ihm einen Knochen und zeigte ihm, wo er Wasser finden konnte. Über dem Dorf lag eine besondere Stimmung. Sie hatte etwas Gutes, Kraftvolles. Rauhpelz spürte, dass hier keine böse Magie wirken konnte. Schon nach kurzer Zeit lief er nicht mehr mit gesenktem Kopf und eingezogener Rute. Er wedelte mit dem Schwanz, ließ sich streicheln und suchte die Nähe der Menschen. Jetzt musste er nur die Naturgeister finden. Er brauchte zwei von ihnen und hoffte, sie würden ihm beistehen.

Aus den Augenwinkeln sah er, dass er von einem Mann beobachtet wurde, der sich auf einen knorrigen Holzstab stützte. Der Mann hatte nichts Gefährliches. Er war zwar ein rauer Bursche mit struppigen Augenbrauen und wilden langen Haaren, aber sein Gesicht hatte etwas Sanftes. Er tauchte immer wieder da auf, wo der Hund sich gerade herumtrieb. Aber er kam nicht näher. Rauhpelz beschloss, ihn aufzusuchen.

Als er sich nach ihm umwandte, verschwand der Mann und tauchte ein paar Meter weiter an einer Hausecke wieder auf. Da wusste Rauhpelz: Das konnte kein Mensch sein. Er setzte sich ein wenig abseits des Weges und schaute den Mann lange und offen an. Er zeigte ihm seine Gedanken und dass er nichts Böses im Schilde führte. *Ich brauche Hilfe,* sagte er mit seiner inneren Stimme, die bisher nur Lichtina hatte hören können.

»Woher weißt du von uns?«, kam nach einiger Zeit die Antwort des Mannes zu ihm herübergeflogen.

Und Rauhpelz erzählte stumm, was geschehen war. Er berichtete von Lichtina und Barthamiel, von den Staubelfen und Bartriesen, von Schattenglanz und Bergerik und dem bösen Fluch, den der Zauberer Zeolith über die beiden Völker gelegt hatte. *Ich brauche die Hilfe des Windes,* bat er den Mann, *und ich brauche die Hilfe des Wassers.*

Eine blasse Frau gesellte sich zu dem Mann. Ihre langen weißen Haare fielen in Wellen bis zu den Hüften. »Ich bin das Wasser«, sagte sie mit einer Stimme, die sich wie ein plätschernder Bach anhörte. »Und ich bin der Wind«, rauschte die Stimme des Mannes um Rauhpelz Ohren.

Rauhpelz erzählte ihnen die Geschichte des roten Flusses.

Die Augen der blassen Frau füllten sich dabei mit Tränen und kleine Bäche sprudelten unaufhörlich daraus hervor. »Er zwingt eines meiner Kinder zu solch einem abscheulichen Leben. Gefärbt mit Blut, gebunden an einen Fluch. Das kann ich nicht dulden!« Dann gab sie Rauhpelz von ihrem köstlichsten Wasser zu trinken, das ihm Kraft und Ausdauer gab. »Meine Unterstützung ist euch sicher. Trefft mich bei Neumond am roten Fluss. Folgt der Spur des Wassers. Es wird euch sicher geleiten.«

Der Mann mit den wilden Augenbrauen nickte dem Hund zu. »Zeolith hat es gewagt, die Lüfte für seine Zwecke zu nutzen. Das soll nie wieder geschehen. Auch meine Hilfe sollst du haben. Niemand wird hören, was du sprichst. Der Wind verschluckt alles.«

Rauhpelz bedankte sich bei den Naturgeistern und eilte zurück zu der Stelle, an der er Barthamiel erschnüffelt hatte. Nach kurzer Zeit kam ein feiner Geruch von Ei und Wurst dazu. Rauhpelz rannte los.

Barthamiel und Leckermaul

Die Sonne stand schon hoch am Himmel und Barthamiel suchte noch immer den Weg zum Wald. Zwischendurch dachte er das »Tschip, tschip, tschiperdidrip« des Buchfinken zu hören. Aber welchen Weg er auch einschlug, er konnte den Wald nicht finden. *Wenn ich doch nur jemanden hätte, der mir den Weg weisen könnte,* dachte er unglücklich. Doch der Bartriese traf keinen Menschen, der ihm helfen konnte. Erschöpft gönnte er sich am Nachmittag eine Pause und setzte sich an den Rand des Weges. Die Zirkusleute hatten ihm reichlich Proviant eingepackt und so aß er ein paar Eier und ein Stück von der Wurst.

Bald werde ich meine Lichtina wieder in die Arme nehmen können, versuchte Barthamiel sich aufzumuntern. *Bestimmt ist unsere Suche bald zu Ende.* In seine Gedanken drängte sich plötzlich eine feuchte Nase, die auch noch ein leises Jaulen von sich gab. Barthamiel streckte seine Hand aus und fühlte das ruppige Fell eines Hundes. Da der Hund sich nicht rührte, sprach er ihn freundlich an. »Na, du altes Zottelfell. Hast du Hunger? Hast wohl meine Wurst gerochen. Hier, ich gebe dir ein Stück ab. Ich habe ja genug.« Er brach ein Stück von der Wurst ab und legte sie dem Hund vor die Schnauze. Barthamiel hörte, wie der Hund fraß. »Ja, immer rein damit«, freute er sich. »Ich wünsche dir eine gute Weiterreise.«

Doch der Hund blieb, schleckte ihm dankbar die Hand und setzte sich zu seinen Füßen.

»Na so was«, murmelte der Bartriese erstaunt, »jetzt habe ich also einen Hund. Ich werde dich Leckermaul nennen.«

Der Hund grunzte satt und zufrieden und wartete, was Barthamiel wohl als Nächstes tat.

»Ich könnte wohl einen sehenden Führer gebrauchen. Dann käme ich sicher schneller voran. Was meinst du, Leckermaul, willst du meine Augen sein und mich zum Wald begleiten? Ich suche eine Elfe, ihr Name ist Lichtina«, sprach Barthamiel freudig zu dem Hund.

Bei dem Namen Lichtina jaulte der Hund, als hätte er ihn erkannt.

Aber Barthamiel fasste es als ein »Ja« auf und nahm seinen Gürtel, um ihn dem Hund als Leine anzulegen. Doch der Hund wand und schüttelte sich, dass es ihm nicht gelang.

»Du magst wohl kein Halsband?« Barthamiel wollte sich seinen Gürtel schon wieder umschnallen, als der Hund das Ende des Gürtels in sein Maul nahm und den Bartriesen ein Stück mit sich zog.

»Ja, so können wir es auch machen«, freute sich Barthamiel und vertraute dem Hund, dass er ihn richtig führen würde.

Schon bald spürte er die Kühle des Waldes. *So fühlte es sich an, als Lichtina mir ihren Wald gezeigt hatte,* erinnerte er sich. *Bestimmt stehen hier große Bäume und vielleicht gibt es ja auch ein paar Elfen in diesem Wald. Vielleicht können sie mir helfen, meine Staubelfe zu finden.*

Lichtina und der Wind

Niedergeschlagen streifte die junge Staubelfe durch den Wald. Der böse Zauberer Zeolith hatte gewonnen. Er würde es nie zulassen, dass sie mit Barthamiel zusammenkam. Sollte sie ihr Leben wirklich damit verbringen, ihn zu suchen, und doch wissen, dass es nie gelingen würde, ihn zu finden? Zeolith wäre ihnen immer einen Schritt voraus. Lichtina sah in Gedanken Barthamiel ganz nah vor sich, wie er nach ihr suchte, wie er blind durch die Welt irrte. Sie war ihm so nahegekommen. Tränen rannen über das Gesicht der Elfe.

Ich kann wenigstens Barthamiels Leiden beenden, dachte sie von wildem Schluchzen geschüttelt. *Er soll ein glückliches Leben haben,* beschloss Lichtina. *Ich werde mit Zeolith gehen, Barthamiel wird wieder sehen können und mich vergessen. Irgendwann wird er dann eine liebe Bartriesenfrau heiraten und glücklich werden.* Sie dachte an ihre Eltern, die zuversichtlich auf ihre Heimkehr warteten.

Auch sie werden mich irgendwann vergessen. Vergessen! Ach, wenn ich doch nur den Tod wählen könnte, dachte sie verzweifelt. *Besser der Tod, als mit diesem garstigen Zeolith zu leben.* Aber der Zauberer würde Barthamiel nicht erlösen, wenn sie sich umbringen würde. Nein, sie musste am Leben bleiben und sie musste es mit dem schwarzen Zauberer verbringen. *Das ist also mein Schicksal,* durchfuhr es sie kalt. Lichtina schwebte mit ein paar Sonnenstrahlen, die durch eine Baumkrone fielen, auf einen höhergelegenen Ast. Sie lehnte sich an den mächtigen Stamm und weinte.

Sie weinte um Barthamiel, um ihre Liebe und um ihr verschwendetes junges Leben.

Wind kam auf und zerrte an Lichtinas Fädchenhaaren. Die Elfe hatte Mühe, sich auf dem Ast zu halten. So ein Wind war ungewöhnlich im Wald. Sie klammerte sich an der Rinde fest und horchte. Fast schien es, als würde der Wind mit ihr reden. Ein Wispern und Flüstern drangen an ihr Ohr. »Lichtina, Lichtina«, hörte sie, »Hoffnung gibt es immer, vergiss das nicht.« *Dies war ein Satz von Barthamiels Mutter gewesen,* dachte sie erstaunt. »Suche dort, wo alles begann«, riet ihr die Stimme, »die Naturgeister sind mit uns.« Und dann erklangen Barthamiels letzte Worte: »Die Liebe besiegt alles!« Der Wind legte sich und die Stimme erstarb.

Ein winziger Hoffnungsfunke wärmte Lichtinas Herz. Sollte es doch möglich sein? Sollte die Liebe doch stärker sein als die schwarze Magie des bösen Zauberers? *Wie konnte ich nur an Barthamiels Worten zweifeln?*, dachte sie voller Schuldgefühl. *Wir hatten uns doch versprochen, nie aufzugeben.*

Und auf einmal wusste sie, wer da zu ihr gesprochen hatte. Es war nicht der Wind, es war die Stimme von Rauhpelz, die sie gehört hatte. *Natürlich*, Lichtina lächelte. *Ich habe Rauhpelz doch alles erzählt. Von Barthamiels Mutter, von Schattenglanz und Bergerik, vom Tag am Fluss, als der Fluch sich erfüllte, von Barthamiels letzten Worten, von unserem Versprechen und von dem Dorf der Menschen, das Zeolith mit Hilfe der Naturgeister verbannt hatte.*

Die Verbindung ist nicht zerstört! Irgendwie muss Rauhpelz es geschafft haben, sich gegen den Vergessenszauber zu wehren. Suche dort, wo alles begann, hatte er gesagt. Meint Rauhpelz etwa, ich soll zum roten Fluss kommen? Lichtina wurde immer aufgeregter. *Ja, bestimmt meint er den roten Fluss. Weiß er etwa, wo Barthamiel ist? Hat er ihn gefunden?*

Hurtig schwebte die Elfe vom Baum hinab. *Ich muss zum roten Fluss.* Sie lachte, freute sich auf ihre Heimat. Bald würde sie Barthamiel und Rauhpelz wiedersehen. Doch dann hielt sie inne. *Ich weiß ja gar nicht, wo ich auf dieser Welt gelandet bin. Ich könnte sonst wo sein. Wie finde ich nur zurück?*

Wieder rauschte der Wind und wirbelte ihre Fädchen durcheinander. Um sie herum brauste es, und dann hörte sie erneut die Stimme ihres treuen Hundes: »Folge der Spur des Wassers. Es wird dich sicher nach Hause geleiten.«

Barthamiel und Rauhpelz

Eine ganze Weile ließ sich der Bartriese von dem Hund
ziehen. Der Hund schien es eilig zu haben. »Wo willst du
nur mit mir hin, Leckermaul?«, fragte Barthamiel lachend.
Er hörte einen Bach plätschern und spürte, wie sie den Wald
wieder verließen. »Ich dachte, im Wald könnten wir nach
Lichtina fragen. Aber anscheinend war dort niemand. Keine
anderen Elfen.« Er seufzte enttäuscht. »Sie soll doch hierhergekommen sein. So wurde es mir berichtet.«
Rauhpelz, der die Traurigkeit des jungen Bartriesen spürte,
blieb stehen und leckte Barthamiel die Hand. Dann bellte er
leise. *Wenn Barthamiel mich doch nur verstehen könnte*,
überlegte er hilflos. *Er muss noch ein wenig mit mir
kommen, bestimmt finde ich Lichtinas Spur bald. So weit
kann sie noch gar nicht sein.* Dann zog er wieder an dem
Gürtel und Barthamiel ließ sich von ihm weiterziehen. Doch
er lachte nicht mehr, er machte ein ernstes Gesicht und
sprach auch die nächste Stunde kein Wort.
Rauhpelz folgte dem Wasser, wie der Wassergeist ihm
geboten hatte. Als sich der Bach zweigte, folgte er dem
breiteren Strom. Der Fluss lief nach einigen Kilometern auf
eine Felswand zu und verschwand dann schäumend in einer
Spalte. Es gab keinen Weg um das Massiv drumherum und
die glatten Wände zu besteigen war unmöglich. Rauhpelz
wendete mit Barthamiel im Schlepptau und tatsächlich
musste er nicht lange suchen, da stieß er auf einen Weiher in
der Nähe, an dem eine bequeme Straße entlangführte. Er
nahm diese Richtung und bald konnte er ein Gebirge
erkennen, dass sich mit den Erzählungen von Lichtina über

die Heimat der Bartriesen deckte. Er blieb stehen. Konnte Barthamiel seine Heimat spüren oder war er so in seiner Traurigkeit gefangen?

»Warum bleiben wir stehen? Weißt du auch nicht mehr weiter?«, fragte Barthamiel den Hund leise. »Ach, wenn ich doch nur sehen könnte. Wie soll ich Lichtina nur finden?« Er nahm Rauhpelz den Gürtel aus dem Maul und band ihn sich wieder um. »Was mache ich nur? Ich habe wirklich geglaubt, ein Hund, der weder mich noch Lichtina noch meine Geschichte kennt, würde mir helfen können, sie zu finden.« Er drehte sich um. »Ich gehe wieder zurück in den Wald. Dort werde ich nach Lichtina suchen. Wie konnte ich nur denken, dass du sie für mich findest? Es ist meine Aufgabe, und wenn es Jahre dauert. Ich finde Lichtina!« Auf seinen Stock gestützt, ging er langsam die Straße zurück. Rauhpelz bellte, doch der Bartriese reagierte nicht.

»Wind, ich bitte dich«, flehte Rauhpelz innerlich, *»schicke ihm den Geruch seiner Heimat. Barthamiel darf nicht umdrehen. Zeolith darf nicht gewinnen.«*

Ein kleines Lüftchen kam über das Gebirge angeflogen. Die Gräser am Wegesrand bogen sich und Blätter wirbelten über die Straße. Als der kleine Wind bei Barthamiel angekommen war, tanzte er um den Bartriesen herum und zauste ihm seinen Bart.

Dann kroch er in seine Nase und entfaltete, was er mitgebracht hatte. Den Geruch von warmen Felsen, von Bärten, die in Suppe getunkt waren, von Erde und Lehm, von trockenen Gräsern und Sträuchern mit gedörrten Früchten. Barthamiel blieb abrupt stehen. Seine Nasenflügel blähten sich auf. Auf seinem Gesicht spiegelte sich Erstaunen.

»Leckermaul«, rief er aufgeregt, »bist du noch da?«

Der Hund bellte freudig und lief zu ihm. Dann zupfte er an dem Gürtel und Barthamiel verstand. »Du hast den Weg nach Hause gefunden! Ich weiß zwar nicht, woher du meine Heimat kennst, aber ich kann sie riechen. Sie ist nicht mehr weit.« Die Nase des Bartriesen leuchtete vor Aufregung rot. »Ist meine Lichtina dort? Hat sie den Weg zurückgefunden?«

Als Antwort sprang Rauhpelz um Barthamiel herum und bellte vergnügt.

Barthamiel deutete diese Reaktion als ein »Ja«. Er gab dem Hund das Ende des Gürtels und trotz seiner Blindheit rannte er die Strecke zu dem Gebirge, als könne er es deutlich vor sich sehen.

Lichtina und Marisol

Lichtina wusste nicht mehr weiter. Bisher hatte das Wasser sie gut geführt. Erst war sie ein paar Pfützen gefolgt. Dann hatte sie ein Bächlein gefunden und war an dessen Ufer entlang gegangen. Als der Bach sich teilte, entschied sich Lichtina für den stärkeren Bachlauf. Der Bach wurde zum Fluss und verschwand dann plötzlich in einer Felswand. Es gab keinen Weg, dem sie nun folgen konnte. Verzweifelt suchte sie nach einem Hinweis. Den kleinen Weiher, der sie auf eine breite Straße geführt hätte, übersah sie, und so lief sie in eine andere Richtung davon. Bald wurde es Abend und die Gegend wurde ihr immer fremder. Die Landschaft veränderte sich, keine Bäume, keine Sträucher und auch das Gras unter ihren Füßen wurde trocken. Weit und breit konnte Lichtina kein Wasser mehr finden, nicht den kleinsten Tropfen. *Folge der Spur des Wassers. Es wird dich sicher nach Hause geleiten,* rief sie sich Rauhpelz Worte in Erinnerung.

Ich habe mich verlaufen, dachte sie verzagt. *Ich muss das Wasser irgendwo übersehen haben. Am besten ist, ich gehe zurück, vielleicht finde ich das Bächlein wieder,* überlegte sie, als sie ein leises Rauschen vernahm. Es wurde lauter und dann wieder leiser wie der Rhythmus von Wellen, die an einen Strand schlugen. *Wasser,* jubelte die Elfe innerlich vor Freude. *Hier in der Nähe muss es Wasser geben.*

Die Sonne schickte ihre letzten rosafarbenen Strahlen, bevor sie am Horizont verschwand. Lichtina wurde von Dunkelheit eingehüllt.

Sie konnte ungefähr die Richtung einschätzen, aus der sie das Schlagen der Wellen vernahm, aber sie konnte nichts erkennen. Dennoch machte sie vorsichtig einen Schritt vor den anderen. Sie wollte das Wasser unbedingt finden. Aber die mondlose Nacht ließ sie im Kreis laufen. Das Rauschen wollte einfach nicht näherkommen. Müde und hungrig stapfte die Elfe weiter. *Ich kann auch im Laufen ein wenig schlafen,* dachte sie und schloss die Augen. *Ich werde nicht aufgeben, viel zu lange dauert meine Suche nun schon. Ich werde dieses Wasser finden und ihm folgen.*

»Halt, bleib stehen!« Eine Hand hielt sie an der Schulter fest. »Nicht weiter.«

Lichtina blinzelte erschrocken. Im fahlen Schein der Sterne sah sie eine Gestalt neben sich stehen. Es war eine Frau mit wirrem grauem Haar, die ein Band um die Augen trug.

»Willst du dein Leben wirklich wegwerfen?«, fragte sie Lichtina mit kratziger Stimme.

Lichtina konnte der Frau nicht antworten, und so nahm sie deren Hand und führte sie zu ihrem Mund. Sie strich mit den Fingern der Frau darüber, dann legte sie die Hand an ihre Wange und schüttelte den Kopf.

»Du kannst nicht sprechen?«, fragte die Frau vorsichtig.

Lichtina nickte.

»Ist das der Grund, warum du dich in die Tiefe werfen wolltest?«

Die Elfe schüttelte den Kopf und sah erstaunt nach unten. Vor Schreck stolperte sie einen Schritt rückwärts. Sie stand an der Kante eines riesigen Felsabbruchs. Wohl an die hundert Meter ging es in die Tiefe und unter ihr lag das Meer.

Deshalb wurde das Geräusch der Wellen nicht lauter, dachte sie und ihr Herz klopfte wild bei dem Anblick des nachtschwarzen Wassers.

»Ich war schon oft kurz davor, mich hier hinunterzustürzen. Du hast sicher meine Augenbinde bemerkt. Ich trage sie, weil ich keine Augen mehr habe. Mein Leben ist eine einzige traurige Geschichte. Das Glück wird mir auf immer verwehrt bleiben. Warum also noch leben? Und dennoch, wenn ich die Wellen höre, wie sie das Lied des Meeres singen, dann kann ich es nicht tun.«

Lichtina spürte den Kummer der Frau. Sie führte sie vom Felsen weg und setzte sich mit ihr auf die trockene Erde. *Ich kann ihr wohl nicht helfen, aber ich kann ihr zuhören,* dachte sie dankbar über ihre Rettung. Sie berührte die Lippen der Frau und legte ihr die andere Hand auf das Herz.

»Ich verstehe nicht. Was meinst du?«

Die Elfe stupste erneut mit den Fingern auf den Mund der Blinden.

»Ich soll dir etwas erzählen? Soll ich dir meine Geschichte erzählen?«, fragte die Frau.

Lichtina nahm erneut deren Hand und legte sie an ihre Wange. Dann nickte sie, damit die Frau ihre Zustimmung spüren konnte.

Die Frau holte tief Luft. »Ich habe noch nicht vielen Menschen von meinem Schicksal erzählt. Du bist kein Mensch, richtig? Ich habe deine Haare gefühlt, als du an mir vorbei auf die Kante zugegangen bist. Sie sind viel feiner, zarter, fast wie Spinnenfäden.« Lichtina nickte.

»Ich bin blind, aber meine anderen Sinne sind zwischenzeitlich so fein, dass ich gefahrlos hier entlangwandern

106

kann. Jeden Tag komme ich hierher, um das Rauschen des Meeres zu hören. Manchmal höre ich auch das Wehklagen meiner Mutter. Sie ist eine Meerjungfrau und vermisst mich schrecklich. Sie denkt bestimmt, ich sei schon tot. Näher kann ich nicht an das Wasser heran, sonst würde sie mich spüren. Ich will ihren Kummer nicht vergrößern.«

Lichtina sah in dem spärlichen Sternenlicht die Füße der Frau. Die Beine waren krumm, die Füße verkrüppelt.

»Ich bin Marisol, halb Mensch, halb Meerjungfrau. Ich bin in keiner der beiden Welten richtig zu Hause. Einmal hätte ich die Gelegenheit dazu gehabt, aber die Liebe hat sich von mir abgewendet.«

Ihre Stimme wurde leiser, fast flüsterte sie, als sie fragte: »Weißt du, dass Meerjungfrauen Bernsteinaugen haben? Er liebte meine Augen mehr als mich. Als er mich nicht mehr wollte, schenkte ich sie ihm.«

Lichtina keuchte auf.

»Es ist nicht schlimm, blind zu sein«, fuhr Marisol fort. »Das Schlimme ist, dass ich als junge Frau dachte, ich könne mein Schicksal verändern, es selbst bestimmen. Mit Magie versuchte ich die Liebe zu erzwingen. Dafür bezahlte ich mit dem Schlüssel zu meinem Glück. Was war ich doch nur für ein dummes Kind! Ohne Glück zu leben ist meine Bürde und mein Leben dauert länger als ein Menschenleben. Meerjungfrauen können viele hundert Jahre alt werden. Ich weiß nicht, wie alt ich schon bin und wie viel Zeit ich noch habe, ich weiß nicht, ob es Tag oder Nacht ist. Ich sitze meine Zeit ab, bis der Tod mich dann endlich erlösen wird.«

Lichtina fühlte mit der blinden Frau. Ihr eigener Schmerz und ihr eigenes Leid überrollten sie und ließen sie heiße

Tränen der Sehnsucht weinen. Sie vermisste Barthamiel. Sie wollte nicht ihr Leben lang wandern und suchen. Sie wollte glücklich sein und zusammen mit dem jungen Bartriesen alt werden. *Ach, hätte ich doch nur noch ein wenig von den Glückstränen,* dachte sie. *Ich würde sie Marisol so gerne schenken und eine Einzige für mich behalten.*

»Bist du meinetwegen traurig? Das musst du nicht«, sagte die Frau, als sie die Tränen auf ihrer Hand spürte.

Still saßen die beiden Frauen nebeneinander, jede in ihren eigenen Gedanken versunken. Nach vielen Stunden des Schweigens schob sich am Horizont eine orangefarbene Kugel über das Meer und tauchte mit ihrem Licht die Welt wieder in Farben, die über Nacht verloren gewesen schienen. Das Meer bekam seine dunkle blaue Kraft zurück. Der Himmel zeigte seine Tiefe in einem immer heller werdenden Blau und ein paar Wölkchen hoben sich wie kleine weiße Schleier davon ab. Lichtina lächelte, denn sie wusste nun, was zu tun war.

»Wird es Tag?«, fragte Marisol.

Lichtina nickte. Sie nahm die Frau an die Hand und führte sie den Pfad hinunter, den sie im ersten Licht des Tages entdeckt hatte.

Als die blinde Frau bemerkte, wo Lichtina sie hinführen wollte, blieb sie erschrocken stehen. »Ich kann nicht hinunter. Ich will nicht, dass meine Mutter noch mehr Schmerz empfindet. Ich kann nicht zu ihr in das Meer. Es war mir nie möglich, lange genug dort zu leben, aber seit ich meine Bernsteinaugen an den jungen Mann verschwendet habe, ist es ganz vorbei. Ich kann das Meer nicht mehr betreten.«

Lichtina griff in ihren Kittel und holte den Schlüssel des Schmieds hervor. *Die Tränen des Glücks habe ich verbraucht*, dachte sie. *Dafür habe ich einen wunderbaren Freund bekommen.* Voller Zuneigung dachte sie an Rauhpelz, der zusammen mit ihr kämpfte, um Barthamiel wiederzufinden. *Den Schlüssel habe ich benutzt, um sein Halsband aufzusperren. Doch der Schlüssel muss noch eine andere Aufgabe haben.* Lichtina war sich sicher, dass er nun seine endgültige Bestimmung finden würde. Die Elfe nahm den Schlüssel und drückte ihn Marisol in die Hand.

»Was ist das?«, fragte die Frau und gab einen erstickten Schrei von sich, als sie mit ihren Fingern die Form ertastete. »Das ist ein Schlüssel«, keuchte sie. »Bist du gekommen, um mir den Schlüssel zu meinem Glück zurückzubringen? Bist du die Meerhexe, der ich den Schlüssel als Bezahlung gab?«

Lichtina zog die Frau weiter. Das Meer kam immer näher. *Es muss gelingen,* dachte die Elfe aufgeregt. *Das alles kann doch kein Zufall sein!* Als ihre Füße das Meer berührten, spürte die Elfe die Kraft des Wassers. *Bitte zeige mir den Weg zu meinem Barthamiel,* dachte sie zitternd. *Ich bringe dir dafür eine der deinen zurück.*

Als die blinde Frau neben ihr stand, wurde das Meer plötzlich ganz still. Lichtina nahm Marisols Hand mit dem Schlüssel in ihre und gemeinsam holten sie weit aus.

Als sie kurz zögerte, sagte Marisol: »Ich bin bereit, wer immer du auch bist. Ich vertraue dir.«

Kraftvoll schleuderten sie den Schlüssel auf das Meer hinaus. Mit einem feinen, fast singenden Geräusch flog er über das Wasser und versank dann leise in den Fluten.

Gebannt starrte Lichtina auf das Meer und bemerkte erst Sekunden später die Veränderung, die sich an ihrer Seite abspielte. Die blinde Frau verwandelte sich. Ihr graues Haar wurde glatt und braun. Die Haut entspannte sich und die Kummerfalten verschwanden. Ihre gebückte Haltung wurde aufrecht und schließlich fiel das Band um ihre Augen ab und zwei wunderbare Bernsteinaugen blickten Lichtina erstaunt an.

»Du bist eine Staubelfe«, sagte Marisol. Verwundert nahm sie ihre Verwandlung wahr. »Du hast mir das Glück zurückgebracht.« Dann lachte sie ein helles klares Lachen, als ihre Beine verschmolzen und sich in einen Fischschwanz verwandelten. »Das Schicksal hat mich nicht verdammt. Es hat mir die Gunst auf ein neues Leben erwiesen.«

Eine zarte Gestalt mit langen silbrigen Haaren tauchte vor ihnen im Meer auf und nickte ihnen zu. »Komm, meine Tochter. Deine Zeit an Land ist nun vorbei«, sagte sie. Dann wandte sie sich an Lichtina. »Ich danke dir, dass du mir meine Marisol zurückgebracht hast. Das Meer wird dir für immer ein Freund sein. Wenn du einen Wunsch hast, wird er dir erfüllt, wenn du Hilfe brauchst, so wird dir geholfen.«

Mit einem Jauchzen sprang Marisol in das Wasser. Die beiden Meereswesen winkten kurz und tauchten dann in die Tiefe des Meeres ab.

Atemlos hatte Lichtina das magische Schauspiel beobachtet. *Was für ein Glück,* dachte sie voller Freude. Dann berührte sie mit einer Hand das Wasser und bat das Meer: *Bitte bring mich zurück zu meinem Barthamiel, bring mich zum roten Fluss.*

Eine riesige Welle erhob sich und spülte Lichtina mit sich fort. Das Wasser trug die Elfe vor sich her und fand Flussläufe und Bäche ins Landesinnere. Lichtina verspürte keine Angst. Das Wasser hielt sie geborgen und sanft in seinen feuchten Armen. An einer seichten Stelle und einer Böschung mit vielen Steinen setzte die Welle sie ab und verebbte.

Lichtina blickte sich um. Zu ihren Füßen erkannte sie das dunkle Wasser ihrer Heimat. Sie war zurück am roten Fluss.

Der rote Fluss

Lichtina sank am Flussufer nieder. Aufgewühlt schlug sie die Hände vor das Gesicht. Vorsichtig blinzelte sie zwischen ihren Fingern hindurch. Sie war tatsächlich wieder zu Hause. Die Dörfer der Bartriesen und der Staubelfen lagen noch im tiefen Schlummer. Die Sonne eroberte sich Stück für Stück den Himmel zurück. Lichtina war auf der Seite der Bartriesen gestrandet. Bald würde es hier sehr heiß werden. Doch vor der Sonne hatte sie keine Angst mehr. Sie breitete ihre nassen Fädchen wie einen Fächer um sich herum aus und ließ sie langsam trocknen.

Ein bekanntes Bellen ließ sie nach einiger Zeit herumfahren. Kurz darauf hörte sie eine Stimme in ihrem Kopf: *Lichtina, bist du da?*

Rauhpelz, dachte die Elfe voller Freude. *Ich bin hier am Fluss,* antwortete sie dem Hund aufgeregt. Sie erhob sich und da sah sie ihn schon. Rauhpelz rannte geradewegs auf sie zu. Er trug einen Gürtel in seinem Maul und an dem anderen Ende hielt sich der herrlichste und schönste Bartriese fest, den sie je erblickt hatte. Barthamiel!

Die Staubelfe flog den beiden entgegen.

»Leckermaul, warum bellst du?«, fragte Barthamiel seinen Begleiter. »Sind wir schon da? Ich glaube, ich höre den Fluss.« Außer Atem blieb der Bartriese stehen. Er spürte, wie sich der Hund zu seinen Füßen setzte und dann leise jaulte. »Was ist denn, Leckermaul?«

Da kitzelte ihn etwas in der Nase. Barthamiel wurde ganz still. Vorsichtig streckte er eine Hand aus. Schon musste er niesen.

»Lichtina«, flüsterte er. Und dann küsste ihn das liebste und schönste Wesen auf den Mund, das er kannte. Der Kuss war lang, zart und voller Liebe.

Lichtina schlang die Arme um den jungen Bartriesen und Barthamiel schloss die Umarmung zu einem vollendeten Ganzen. »Ich lasse dich nie mehr los«, flüsterte er in das Ohr der Staubelfe.

»Die Liebe besiegt alles«, gab sie ihm ganz leise zurück.

Erstaunt drückte er das Elfenmädchen noch mehr an sich. »Du kannst ja sprechen!«

»Und du wieder sehen«, antwortete Lichtina.

Barthamiel öffnete seine Augen und nachdem er ein wenig geblinzelt hatte, sah er seine Heimat, den Fluss, seinen treuen Begleiter, der neben ihnen saß und aussah, als würde er lächeln. Der Bartriese schob die Elfe ein Stück von sich, ohne sie loszulassen. »Ich kann dich sehen, meine Lichtina«, krächzte er überwältigt.

»Ja, ja, ja«, rief Lichtina begeistert. »Wir haben es geschafft.« Dann kniete sie sich zu dem Hund. »Oh, mein lieber Rauhpelz. Ich danke dir. Du hast ihn tatsächlich gefunden.«

»Rauhpelz?«, fragte Barthamiel irritiert.

»Ja, Rauhpelz ist sein Name. Aber das ist eine lange Geschichte. Er ist mein Hund.«

»Oh, und ich dachte, er sei mein Hund«, grinste der Bartriese fröhlich.

»Er mag den Namen, den du ihm gegeben hast und wenn du willst, dann wird er unser beider Hund sein.« Lichtina schmiegte sich wieder in Barthamiels Arme.

113

»Woher weißt du das denn? Man könnte fast glauben, du kannst mit ihm reden«, wunderte sich der Bartriese.

Lichtina kicherte. »Ich glaube, wir haben uns sehr viel zu erzählen.«

»Das glaube ich auch«, murmelte Barthamiel glücklich.

Lichtina und Barthamiel

»Und wenn wir eine Brücke darüber bauen?« Barthamiel sah seinen Vater neugierig an.

»Das haben schon Generationen vor uns versucht. Der Fluch hat sich trotzdem erfüllt. Der Fluss bleibt Grenze zwischen unseren Dörfern. Es tut mir leid.«

Lichtina machte ein trauriges Gesicht. »Meinst du damit, ich kann auch nicht hinüberfliegen?«

Basalt nickte. »Wir wissen einfach nicht, was passiert, wenn du den Fluss überquerst. Womöglich kannst du dann nie mehr zurück. Ihr wärt ein jeder wieder auf seiner Seite gefangen. Oder bei eurem nächsten Kuss wiederholt sich der Fluch erneut. Wir wissen es einfach nicht.«

Langrien, der auf der anderen Seite des roten Flusses stand, rief zu ihnen hinüber. »Basalt hat recht, meine liebe Tochter. Es ist zu gefährlich. Ich habe in allen Büchern und Schriften gesucht. Auch die Geschichte von Schattenglanz und Bergerik gibt keinen Aufschluss. Die beiden hatten wohl unsere Heimat für immer verlassen. Sie schienen keinen anderen Ausweg gefunden zu haben. Der Fluch ist stark und unberechenbar. Zeolith hat einen Vertrag mit dem Bösen geschlossen. Er hat seine Seele verkauft und dafür die Macht über die dunkle Magie erhalten. Diese soll an einen schwarzen Obsidian gebunden sein. In der Tiefe der Hölle geboren, ausgespuckt von einem Vulkan und im Meer zu einem Stein erstarrt. So sagt es die Legende.«

»Es gibt also nichts, womit wir den Fluch endgültig brechen können?« Lichtina schauderte bei dem Gedanken.

»Nein! Im Moment wissen wir einfach noch zu wenig. Aber sei nicht traurig. Ihr habt wieder zueinander gefunden und ich weiß, Barthamiels Familie wird dich lieben wie ihre eigene Tochter. Das macht mein Herz froh, auch wenn ich dich nicht in meiner Nähe habe.«

Zur Bestätigung nahm Gardenie Brocken die Staubelfe in den Arm. »Darauf hast du mein Wort, Langrien.«

Lichtina wollte noch nicht aufgeben. »Aber kannst du denn nicht zu uns herüberkommen, Vater? Nur einmal und für einen kurzen Augenblick.«

»Was wäre ich für ein Vater, wenn ich dich nicht in die Arme schließen und vor Freude küssen möchte?«, kam die Antwort Langriens mit erstickter Stimme. »Es ist einfach zu gefährlich, meine Tochter. Eine Unachtsamkeit, eine flüchtige Berührung meiner Lippen. Ein Kuss ist ein Kuss. Wer weiß, was dann geschieht? Lieber sehe ich dich gesund und von Freunden umgeben auf der anderen Seite des Flusses.«

Lichtina nickte traurig. Ihr Vater hatte recht, aber ihr Herz war schwer.

* * *

Eine Woche war es nun schon her, seit Lichtina und Barthamiel zurück in der Heimat waren. Seitdem lebte die Staubelfe zwischen den Bartriesen.

Langrien, ihr Vater, hatte noch am selben Tag, in derselben Stunde, von der Ankunft seiner Tochter erfahren. Er hatte es gespürt, dass sie zurückgekommen war und er hatte sie sofort gewarnt, den Fluss zu überqueren, auch wenn er nichts lieber getan hätte, als bei seiner Tochter zu sein.

In den folgenden Wochen und Monaten kam Lichtina fast täglich an den Fluss, um ihren Vater und ihr Volk zu sehen. Begleitet wurde sie von Barthamiel, seiner Familie und den übrigen Bartriesen. Sie und Barthamiel erzählten allen, was in der Zwischenzeit geschehen war. Die beiden Völker lauschten und staunten, lachten und litten mit den beiden.

Dass Barthamiel und Lichtina nun endlich wieder zusammen waren, empfanden alle als großes Glück, doch sie merkten auch, dass Lichtina weiterhin Kummer in ihrem Herzen trug. Sie konnte nicht über den Fluss. Sie konnte nicht zu ihrem Vater, nicht mit ihm zusammen sein. Ihr Volk würde sie nur noch aus der Ferne sehen können und darüber war sie sehr traurig. Doch niemand wusste eine Antwort auf die Frage, wie der schreckliche Fluch endgültig aufzuheben sei.

Freunde

Barthamiel führte Lichtina an der Hand. »Erst die Augen öffnen, wenn ich es sage.«

»Bitte keine Geschenke und Überraschungen mehr«, flüsterte die Staubelfe müde. »Ich weiß, du meinst es nur gut und willst mich aufmuntern, aber nichts bringt mich zu meinem Vater und zu meinem Volk zurück.«

»Diese Überraschung wird dir bestimmt gefallen und dich von deinen trüben Gedanken ablenken. Bitte vertraue mir. Nur noch ein Stück.«

Als Lichtina das Rauschen des Flusses vernahm, blieb sie stehen. »Nicht zum Fluss! Du weißt, es macht mich noch trauriger. Ich will ihn nicht mehr sehen. Dieser Fluch …«

»Du kannst die Augen aufmachen«, unterbrach Barthamiel sie.

Lichtina blinzelte, denn die Sonne stand hoch am Himmel. Erst sah sie nur einen großen und etwas zerknautschen Blumenkranz, der ihr direkt vor die Nase gehalten wurde, dann erkannte sie eine kleine Gestalt dahinter und noch eine unbekannte Person daneben. Beide lachten sie glücklich an.

»Wie schön, dich endlich kennenzulernen«, wisperte ein zartes Stimmchen vorsichtig.

Das Mädchen hob den Blumenkranz noch ein Stück höher. »Der ist für dich, liebe Lichtina.«

Verwundert drehte sich die Staubelfe zu Barthamiel.

»Darf ich vorstellen?«, grinste der junge Bartriese und seine Nase leuchtete vor Begeisterung. »Das hier sind Mati und seine kleine Schwester Agi. Sie sind zu einem Überraschungsbesuch hier. Ich wusste nichts davon. Du hättest mein Gesicht sehen sollen, als ich sie vorhin hier am Fluss erkannte.«

Lichtina machte große Augen. »Mati und Agi? Von der Moorfamilie Schuhlos?«, fragte sie erstaunt.

»Ja«, lachte Agi. »Aber unser Name passt schon längst nicht mehr zu uns. Sieh nur!« Agi und Mati hoben je einen Fuß an und zeigten voller Stolz ihre wunderbaren Schuhe.

»Und Socken tragen wir jetzt auch«, ergänzte Mati freudig.

»Ist das nicht großartig?« Barthamiel lachte und klatschte in die Hände.

Die Staubelfe ließ sich von der heiteren Stimmung anstecken. »Oh, das ist wunderbar. Wie schön, euch hier bei uns zu haben.« Sie bewunderte Matis Ringelsocken und die eleganten braunen Schuhe.

Agi hüpfte begeistert am Flussufer hin und her. »Man kann sogar mit ihnen springen und rennen«, jauchzte sie. Dann sah sie auf den Blumenkranz in ihren Händen. »Tut mir leid«, sagte sie an Lichtina gewandt. »Die Blumen haben auf der langen Reise wohl ein wenig gelitten. Sie brauchen nur Wasser und dann sind sie wieder frisch und schön.« Das Mädchen beugte sich zum Fluss hinunter, um die Blumen darin zu tränken.

Entsetzt schrien Lichtina und Barthamiel gleichzeitig auf. »Nein, tu das nicht!«

Der Bartriese sprang hinzu, um Agi davon abzuhalten. »Der Fluss ist verflucht. Erinnerst du dich nicht mehr an meine Geschichten? Bleib weg von ihm.«

Das Mädchen erschrak so sehr, dass es den Blumenkranz fallen ließ. Er rutschte in den Fluss und wurde von ihm davongetragen. »Der Kranz«, jammerte Agi. »Der schöne

Kranz. Es tut mir so leid.« Der Himmel verdunkelte sich und ein leises Grollen war in der Ferne zu vernehmen.

»Sieh nur«, Lichtina kam zögernd näher. Entgeistert starrten die vier auf den Fluss. »Er ist heller geworden. Der Fluss war immer dunkel und blutrot, nun ist er heller und klarer. Ein durchsichtiges Rot. Ich kann sogar bis auf den Boden sehen.«

Barthamiel nahm aufgeregt Lichtinas Hand. »Der Fluss hat den Kranz als ein Geschenk angenommen. Vielleicht kann man dem Fluss Opfer darbringen, um den Fluch zu brechen. Was meinst du?«

»Lichtina«, rief da eine Frauenstimme aus der Ferne. »Hallo! Wie schön, wir haben dich gefunden.«

Die Gruppe, die gerade noch gebannt auf den Fluss geschaut hatte, sah auf. Ein Paar näherte sich. Die beiden waren prachtvoll gekleidet. Der Mann trug glänzend blaue Pumphosen, einen roten Mantel mit goldener Borte und einen Federhut auf dem Kopf. Die Frau hatte ein kleines funkelndes Diadem in ihren langen braunen Haaren, ihr Kleid war kunstvoll mit Spitze verziert und ihr goldener Mantel endete in einer kurzen Schleppe.

»Alisan, Prinz Jano«, rief Lichtina ungläubig. »Was tut ihr hier?«

Jetzt war es Barthamiel, der große Augen machte. »Das ist der Prinz, der dich im goldenen Käfig gehalten hat?«

»Ja, der bin ich«, sagte der Prinz und schaute reumütig zu Boden. »Mein egoistisches Verhalten tut mir schrecklich leid. Ich hoffe, du kannst mir verzeihen, was ich deiner Verlobten angetan habe.«

Bei dem Wort »Verlobten« sah Barthamiel etwas irritiert zu der Staubelfe und kratzte sich dann gedankenverloren seinen Bart. Lichtina umarmte derweil Alisan. Dann schob sie die junge Frau ein Stück von sich weg, legte den Kopf ein wenig schief und lächelte.

Alisan nickte und lachte. »Du hast es bemerkt?«

»Was bemerkt?«, brummte der Bartriese immer noch in Gedanken.

Die schöne junge Frau schmiegte sich an Prinz Jano. »Wir sind gekommen, um euch eine freudige Mitteilung zu machen und um euch eine Frage zu stellen.«

Mati und Agi standen ein wenig abseits und tuschelten miteinander.

Der Prinz verbeugte sich vor Lichtina und Barthamiel. »Alisan trägt mein Kind unter ihrem Herzen. Wir werden Eltern.«

»Oh, wie wunderbar!«, entfuhr es der Staubelfe entzückt.

»Und weil wir uns keine besseren Paten vorstellen können als euch beide, wollten wir fragen …«

»Ja, ja, ja! Natürlich wollen wir. Nicht wahr, Barthamiel? Das wäre uns eine Ehre«, jubelte Lichtina.

Barthamiel bedachte die Staubelfe mit einem seltsamen Blick. »Ja, es wäre uns eine Ehre«, stimmte er mit belegter Stimme zu.

Lichtina bemerkte Barthamiels merkwürdige Stimmung nicht. Sie umarmte Prinz Jano und Alisan und war bester Laune. »Das müssen wir feiern«, rief sie begeistert. Ihre trüben Gedanken hatte sie beiseitegeschoben. »Zwei wunderbare Überraschungen an einem Tag. Erst Agi und Mati und jetzt werden wir auch noch Paten.«

Barthamiels Blick ging wieder zum roten Fluss, der jetzt in einem hellen klaren Rot dahinströmte. »Warum ist er heller geworden? Ist es möglich, die Magie durch weitere Gaben zu schwächen? Ist es möglich, den Fluss damit von dem Fluch zu befreien? Immerhin wollte er nicht Grenze zwischen unseren Völkern sein. Zeolith zwingt ihn durch sein Blutopfer dazu. Was, wenn wir dem Fluss gute und schöne Dinge schenken, Dinge, die voll guter Magie sind?«, flüsterte er nachdenklich.

Die anderen verstummten.

Lichtina erzählte Jano und Alisan, was geschehen war. Dann nahm sie Barthamiels Hand. »Was haben wir schon, was wir dem Fluss geben könnten? Die Tränen des Glücks und den Schlüssel des Schmieds habe ich gebraucht, um Rauhpelz zu helfen und Marisol zu erlösen. Ich habe sie nicht mehr.«

Der junge Bartriese seufzte. »Agis Lachen habe ich Hannele geschenkt. Ich hoffe, sie und Goldulak werden glücklich.«

»Und ob wir glücklich sind«, ertönte eine freundliche und weiche Stimme hinter einem Baum.

»Goldulak?« Barthamiel schüttelte vor Verwunderung den Kopf.

Hinter der Kastanie traten Goldulak und Hannele hervor, als hätten sie nur auf ihn Stichwort gewartet. »Wir wollten euch gerne besuchen kommen. Wir haben erfahren, dass ihr euch tatsächlich gefunden habt. Aber daran habe ich nie gezweifelt.« Der hässlichste Mann der Welt eilte auf den Bartriesen zu und umarmte ihn stürmisch. »Mein Freund, wie schön dich wiederzusehen.«

Barthamiel, noch immer überwältigt davon, was hier gerade passierte, konnte nur wortlos nicken. Hannele lachte über seinen Gesichtsausdruck. »Du siehst aus, als hätte dich der Schlag getroffen«, gluckste sie.

Lichtina stimmte in ihr Lachen ein. »Das ist zu viel für ihn. Aber glaub mir, heute ist auch wirklich ein aufregender Tag. Ich bin Lichtina und du musst Hannele sein. Ich freue mich über euren Besuch. Wie ihr seht, seid ihr nicht die Einzigen, die diese Idee hatten.« Sie stellte erst Agi und Mati und dann Prinz Jano und Alisan vor. »So ein Zufall«, begeisterte sich die Staubelfe. »Fehlen nur noch der Schmied und seine Tochter.«

Der Himmel verfinsterte sich unterdessen weiter. Es schien, als würde ein Gewitter aufziehen. »Wir sollten in das Haus meiner Eltern gehen. Was für ein Glück, alle unsere Freunde hier zu haben«, fand Barthamiel seine Stimme wieder. »Außerdem sollten wir erzählen, was wir am Fluss beobachtet haben. Morgen können wir Langrien informieren, aber heute lasst uns gemeinsam unser glückliches Zusammentreffen feiern«, wandte Barthamiel sich an die Runde.

Ein Blitz zuckte und ein furchtbarer Donnerschlag folgte. »Wer wagt es, an meiner Magie zu rütteln?«, ertönte eine keifende Stimme. Zeolith erschien in einer Säule aus Feuer direkt vor der Gruppe und brüllte vor Wut. »Der rote Fluss ist mir untertan.« Dann wirbelte er herum und baute sich vor Lichtina auf. »Der Fluss und du, ihr gehört beide mir.«

Dann zerrte er an der jungen Elfe und versuchte, sie unter seinen Mantel zu ziehen.

Barthamiel wollte auf den Zauberer losstürmen, doch der hob seine Hand und begann Worte zu sprechen, die den Bartriesen auf der Stelle müde machten. In seinem Kopf drehte sich alles. Er wusste nicht mehr, wo er war und was er gerade wollte. Auch Jano, Mati und Agi erging es nicht anders. Besinnungslos sanken sie zu Boden.

Goldulak und Hannele pressten sich die Hände auf die Ohren, als sie sahen, was mit den anderen passierte. Sie versuchten den betäubenden Worten von Zeolith zu entkommen. Doch wie listige Schlangen krochen sie zwischen ihren Fingern hindurch.

Alisan war der Schreck in die Glieder gefahren. Mit vor Entsetzen geweiteten Augen verfolgte sie stumm, was geschah. Doch sie stand weiterhin aufrecht. Ihr Geist schien nicht betäubt.

»Du bist schwanger, nicht wahr?«, presste Goldulak unter Qualen hervor. »Du verfügst über einen besonderen Schutz. Hilf Lichtina.«

Der Zauberer beachtete Goldulak und die junge Prinzessin nicht. Er hatte seinen Blick auf den Fluss gerichtet und machte sich daran, den Fluch wieder zu festigen. Mit einem Messer schnitt er sich über die Hand. Er ließ Lichtina los, um sein Blut erneut zu opfern. In diesem Moment sprang Alisan an Lichtinas Seite und nahm sie beschützend in die Arme. Die Staubelfe wurde aus ihrer Lethargie gerissen. Ein warmes, leichtes Gefühl floss durch ihren gesamten Körper. Sie fühlte sich eingehüllt und beschützt.

Zeolith hielt in seiner Bewegung inne. Dann lachte er boshaft. »Das nützt euch nicht viel. Liebe kann viel, aber sie besiegt nicht alles. Nicht jeden, nicht mich! Dein Schutzwall wird nicht lange halten, Prinzessin, und wenn ihr geschwächt seid, dann nehme ich euch beide mit. Ich kann warten. Ich warte schon so lang, da kommt es mir auf ein paar Tage nicht an.«

Goldulak sank wie die anderen zu Boden. Die Zauberworte hatten ihn erreicht. Hannele wehrte sich noch immer verzweifelt. Bevor Goldulak die Sinne schwanden, flüsterte er: »Lach, Hannele, lach!« Dann legte sich Nebel über seinen Verstand.

Zeolith sah herablassend auf den hässlichsten Mann der Welt. »Was bist du doch für ein Dummkopf und abstoßend noch dazu. Sie alle werden meinem Willen gehorchen, auch deine Hannele.« Dann brüllte er: »Ich bin unbesiegbar!«

»Das wollen wir erst noch sehen«, antwortete ihm eine raue tiefe Stimme. Wie ein gewaltiger Hammer kam der Schmied hinter dem gleichen Baum hervorgebrochen, hinter dem auch Goldulak und Hannele noch vor ein paar Minuten gestanden hatten. »Deine Worte können mir nichts tun. Ich kann sie nicht hören. Ich bin Alberich, der Schmied, ein treuer Freund Lichtinas. Du wirst ihr und ihren Freunden kein Leid antun. Ich bin mittlerweile völlig taub, aber von deinen Lippen konnte ich ablesen, was du vorhast.«

Der Schmied warf sich auf den Zauberer und in diesem Moment fing Hannele an zu lachen. Erst noch matt, aber dann wurde ihr Lachen immer kräftiger und lauter. Schallend durchdrang es den Zauberbann. Stück für Stück wurde die Macht der Worte schwächer. Alberich presste seine starke Hand auf den Mund des Zauberers. Der wand sich wie ein Aal und versuchte, sich aus dem eisernen Griff zu befreien. Doch die Arme des Schmieds hielten ihn wie in einem Schraubstock gefangen.

Rauhpelz, bitte eile dich, rief Lichtina flehend mit ihrer inneren Stimme.

Rauhpelz und die Burg

Die Burg des bösen Zauberers Zeolith ragte wie eine schwarze Festung in den Himmel. Zwischen die Felsen gebaut war sie gegen sämtliche Feinde gefeit.

Rauhpelz schnüffelte am Tor entlang. Irgendwie musste es ihm doch gelingen, in die Burg hineinzukommen. Er war sofort losgestürmt, als er Lichtinas Stimme in seinem Kopf vernommen hatte. Gerade als er seine Nase in den Futternapf stecken wollte, erreichte sie ihn. *Hilf uns, Rauhpelz. Zeolith will uns Leid antun. Du musst zur Burg und die Quelle seiner Macht finden. Es ist ein schwarzer Stein. Bitte Rauhpelz, du musst ihn finden.*

Nach wenigen Metern hatte ihn ein Wind in die Lüfte gehoben und ihn direkt bis vor das große Tor der Burg getragen. Jetzt wusste Rauhpelz, dass die Naturgeister tatsächlich mit ihnen waren. Der kleine Hund war voller Zuversicht, dass er erfolgreich sein würde. Er würde seiner Herrin den Stein bringen.

An einem Seitentor entdeckte Rauhpelz ein lockeres Holzbrett. Er schob es zur Seite und konnte mühelos hindurchschlüpfen. In der Burg roch es muffig. Viele Türen gingen von den unzähligen dunklen Fluren ab. Wo sollte er mit Suchen beginnen? *Vielleicht gibt es eine Schatzkammer, wo Zeolith den Stein aufbewahrt,* überlegte Rauhpelz. Er rannte in die Kellergewölbe der Burg. Und tatsächlich, dort gab es eine Kammer, die gefüllt war mit Gold und Edelsteinen, Truhen voller Geschmeide und Körbe voll mit feinsten Stoffen.

Rauhpelz setzte seine Nase ein und versuchte den Geruch von Bosheit und dunkler Macht zu erschnüffeln. Er wühlte in den Kisten, warf Truhen und Kästen zu Boden, doch ein schwarzer Stein war nicht dabei.

Wo würde ich meinen wertvollsten und größten Schatz verstecken?, überlegte der kleine Hund atemlos. Er dachte an den wunderbaren Knochen, den Barthamiel ihm vor ein paar Tagen geschenkt hatte. Wie ein Blitz durchzuckte ihn da ein Gedanke und Rauhpelz flitzte los. Er rannte den ersten Turm bis zur Spitze hinauf, dann den zweiten Turm und im dritten Turm fand er schließlich, wonach er gesucht hatte: das Schlafzimmer des bösen Zauberers.

In der Mitte stand ein goldenes Bett. Ein schwarzer Baldachin, verziert mit funkelnden Steinen, prangte darüber. Goldene Kommoden und ein glänzend polierter Holzschrank mit edlen Einlegearbeiten standen zu dessen Seite. Doch Rauhpelz hatte keine Augen für den Prunk. Er lief zu Zeoliths Lagerstätte, rupfte erst die Bettdecke und das Kopfkissen herunter und dann gelang es ihm, die schwere Matratze vom Bett zu zerren.

Da lag er, der Stein, der des Zauberers ganze Macht in sich trug. Ein unscheinbarer schwarzer Stein und doch war er grausam und tödlich. Rauhpelz nahm ihn angewidert und vorsichtig zwischen die Zähne. Dann jagte er zur Burg hinaus. Der Wind erfasste ihn wieder und setzte ihn schon nach wenigen Minuten bei Lichtina, Barthamiel und ihren Freunden ab.

Was Rauhpelz zu sehen bekam, war ein sonderbares Schauspiel. Eine Frau lachte, dass die Bäume zitterten, ein Mann hielt den schrecklichen Zauberer fest umklammert, eine Hand auf dessen Mund gepresst, Lichtina wurde in den Armen einer schönen jungen Menschenfrau gehalten und Barthamiel und die restlichen vier Menschen bemühten sich stöhnend aufzustehen oder wankten umher wie Betrunkene.

Der Stein der Macht

Lichtina entdeckte den Hund als Erste. »Rauhpelz! Warst du erfolgreich?«

Der Hund wedelte mit dem Schwanz und legte seiner Herrin den Stein zu Füßen. Die Elfe bückte sich und sah sich hilfesuchend um.

»Ihr müsst den Stein zerstören«, rief da eine bekannte Stimme über den Fluss. Es war ihr Vater, Langrien, der am anderen Ufer stand und wild mit den Armen gestikulierte.

Barthamiel und Mati torkelten auf den Schmied zu. »Du musst mit deinem Hammer den Stein zerschlagen«, krächzte der Bartriese noch immer leicht benommen. Die beiden Männer nahmen den Zauberer in die Zange und Alberich ließ ihn los.

Sofort begann Zeolith wieder seine Zauberworte zu sprechen. Da Hannele schon fast keine Kraft mehr hatte, kam Agi dazu und stimmte in das Lachen mit ein.

Doch die Worte des Zauberers waren stark.

Der Schmied band den Hammer von seinem Gürtel los und legte den schwarzen Stein auf einen Felsen. Noch bevor Mati und Barthamiel die Kraft wieder verlassen konnte, holte der taube Alberich aus und schlug den Obsidian in tausend Teile.

Zeolith schrie wie von Sinnen auf. Dann wand er sich, als hätte er Schmerzen. »Meine Macht, meine ganze Macht ist dahin.«

Barthamiel und Mati wichen vor dem erzürnten Zauberer zurück. Er spuckte vor ihnen auf den Boden. »Ihr Unglückseligen, was habt ihr getan? Denkt ihr, dass ihr nun gewonnen habt? Nur ich hätte den Fluch vom roten Fluss nehmen können. Nur schwarze Magie hätte den Fluch aufheben können. Ihr Narren, seht selbst.«

Lichtina und die anderen sahen zum Fluss. Entsetzen spiegelte sich auf ihren Gesichtern.

»Der Fluss ist immer noch rot«, flüsterte Alisan. Hannele sank kraftlos zu Boden. Agi setzte sich erschöpft neben sie. Auch Goldulak und Prinz Jano sahen sich entgeistert an.

»Das kann nicht sein«, murmelte der hässlichste Mann der Welt. »Wieso ist der Fluch nicht aufgehoben?«

Zeolith fing wie ein Irrer an zu lachen. »Nun, ihr habt mir die Macht über die schwarze Magie genommen, aber der Fluch wird euch trotzdem auf ewig bleiben. Mein Blut fließt weiterhin durch sein Wasser und vergiftet es!« Dann rannte er in Richtung der Berge davon.

Die Freunde waren nicht fähig sich zu bewegen. Zu tief saß der Schock, dass Zeolith am Ende doch gewonnen hatte.

»Aber warum wurde der Fluss dann heller, als Agi ihren Kranz darin verloren hatte?« Mati schüttelte den Kopf. Er verstand nicht, was hier gerade passiert war.

Der Fluch

»Was sagst du da, Mati?« Goldulak dreht sich langsam zu dem jungen Moormann um.

»Der Fluss war tiefrot, dunkel und trüb, als wie hier ankamen. Dann hat Agi den Kranz, den sie Lichtina schenken wollte, im Fluss verloren. Der Fluss hat ihn mit sich fortgerissen und dann wurde das Wasser viel heller. Hellrot und klar.«

Aufmerksam sah der hässlichste Mann der Welt in die Gesichter der anderen.

»Barthamiel hat Agi eine Wiese im Moor geschenkt. Er hat dafür das Lachen der Familie Schuhlos erhalten und hat es Hannele geschenkt. Lichtina, hattest du auch Gaben auf deiner Reise erhalten?«

Die junge Staubelfe nickte. »Die Tränen des Glücks von Prinz Jano. Ich gab sie Rauhpelz. Und vom Schmied erhielt ich einen Schlüssel, damit konnte ich erst das Halsband des Hundes aufsperren und später Marisol, die halb Mensch, halb Meerjungfrau war, ihre wahre Natur zurückbringen.«

»Es müssen alle da sein, denen ihr Gutes getan habt«, bemerkte Goldulak enttäuscht.

»Erst dann kann es gelingen.«

»Es sind alle hier«, plätscherte eine helle Stimme aus dem Fluss. Eine blasse Gestalt entstieg dem roten Wasser. Aus ihren langen weißen Haaren rannen unablässig kleine Bäche ihr silbrig weißes Kleid hinunter.

Hinter ihr tauchte ein weiteres Wesen auf und Lichtina schlug sich die Hand vor den Mund. »Marisol«, keuchte sie.

Rauhpelz, der den Naturgeist sofort erkannt hatte, bellte freudig. Schwanzwedelnd ließ er sich von der Wasserfrau den Kopf kraulen.

Die nickte Goldulak zu und lächelte, als sie seine innere Schönheit erkannte. An die anderen gewandt sprach sie: »Hört ihn an. Er weiß, was zu tun ist.«

Goldulak nahm Lichtina und Barthamiel an die Hand. »Kommt alle in den Fluss. Habt keine Angst. Ihr habt eure Geschenke nicht mehr. Aber alle sind hier, die durch eure Gaben befreit wurden, die durch euch Gutes erfahren haben.«

Als die beiden zögerten, zu groß war die Angst vor Zeoliths Fluch, sprang Rauhpelz mutig in das Wasser.

Lichtina hielt den Atem an. Der Fluss wurde ein wenig heller.

»Er hat recht«, stimmte Barthamiel begeistert zu. »Helft uns!«

Einer nach dem anderen stieg in das rote Wasser. Lichtina nahm Rauhpelz auf den Arm. Marisol schwamm an ihre Seite. »Nehmt euch alle an die Hand«, forderte Goldulak die Freunde auf. Barthamiel, Lichtina, Marisol, Goldulak, Hannele, Mati, Agi, Prinz Jano, Alisan und der Schmied bildeten einen Kreis im Wasser. »Was ist mit Stine?«, fragte Lichtina plötzlich erschrocken.

»Stine ist verheiratet und glücklich«, antwortete Alberich, der von Lichtinas Lippen gelesen hatte. »Sie ist mit ihrem Mann an die Küste gezogen. Ich reise ihnen hinterher. Sie haben ein Haus gefunden, in dem wir alle leben können.«

Die Wasserfrau kam zu ihnen in den Kreis. »Es sind genug.« Dann breitete sie ihre Arme aus. »Mein wildes Kind, mein

Geschöpf, wir reinigen dich von all der schwarzen Magie, die dich zu einem solch abscheulichen Leben verdammt hat. Spüre die Kraft und Liebe all jener, die hier stehen. Spüle hinfort das Dunkle und lass hell und klar sprudeln, was du so lange entbehrt. Kehre zurück zu deiner eigentlichen Natur.« Dann tauchte sie ihre Hände in das Wasser. »Du bist frei!«

Das rote Wasser wurde heller. Aus der Quelle, aus welcher der Fluss entsprang, sprudelte wieder frisches klares Wasser. Es strömte herbei und wusch die letzten roten Schlieren fort.

Vom Ufer ertönte ein Jubelschrei und Langrien stürzte sich in den Fluss. Er riss seine Tochter in die Arme und küsste sie.

Der Fluch war gebrochen.

Zeolith, der spürte, dass auch der letzte schwarze Zauber gefallen war, verfiel in Raserei. Er schwor den Staubelfen und Bartriesen ewige Rache.

Als er erneut die finsteren Mächte anrufen wollte, erschien ein Mann mit wilden Haaren und struppigen Augenbrauen am Horizont. Er schwang seinen knorrigen Holzstab und Zeolith wurde emporgehoben, von einem gewaltigen Wind davongetragen und ward nicht mehr gesehen.

Das Fest

Der Schmied hatte dutzende Helfer, die ihm zur Hand gingen. Die Brücke über den Fluss war fast fertig. Auf beiden Seiten liefen die Vorbereitungen für das große Fest.

Lichtina war mit Agi, Alisan und Hannele auf die Seite der Staubelfen gezogen. Bei den Vorbereitungen konnten sie keine Männer gebrauchen. Goldulak und Hannele wollten heiraten. Das war auch der Grund, warum sie Barthamiel und Lichtina besuchen kamen. Sie wollten die beiden einladen, zu ihrer Hochzeit zu kommen. Der Zirkus lag am Fuße des Berges vor der Heimat der Bartriesen und machte eine verdiente Pause.

Don Rosso hatte nichts gegen Lichtinas Idee, eine große Feier zu veranstalten, und so wurde das bevorstehende Fest kurzerhand in Barthamiels Dorf verlegt. Die Zirkusleute probten eifrig neue Kunststücke, die Bartriesen bauten Unterkünfte, Sitzgelegenheiten und Tische. Die Staubelfen sorgten sich um die Dekorationen und um das Essen. Margalie von den Zirkusleuten hatte es sich nicht nehmen lassen, das Hochzeitskleid für Hannele zu nähen, und war zu Lichtina und den anderen ins Staubelfendorf gezogen. Alle waren eifrig bei der Sache, nur Barthamiel war stiller und grüblerischer als sonst.

Der junge Bartriese half dem Schmied, das Eisengeländer für die Brücke fertigzustellen. Er war nicht bei der Sache und schlug sich mit dem gewaltigen Hammer auf den Daumen.

»Barthamiel, mach mal eine Pause«, brüllte der taube Alberich.

»Du bist mir gerade keine große Hilfe. Dauernd geht dir etwas daneben. Such dir doch eine andere Beschäftigung.«

Barthamiel nickte ergeben und schlich davon. Eine Hand auf seiner Schulter stoppte ihn.

»Was ist mit dir, mein Freund? Ich merke seit Tagen, dass dich etwas beschäftigt.« Goldulak stand neben ihm und schaute ihn neugierig an. »Komm, lass uns ein Stück gehen. Erzähl mir, was dich bedrückt.«

Barthamiel sagte lange Zeit nichts.

Goldulak ließ seinen Freund schweigen.

»Ich muss immer an Prinz Janos Worte denken«, druckste der Bartriese auf einmal herum. »Er entschuldigte sich bei mir dafür, was er meiner Verlobten angetan hatte.«

Goldulak beobachtete seinen Freund, der nervös in seinem Bart herumfingerte.

»Du verstehst bestimmt nicht, was ich damit sagen will.«

Der hässlichste Mann der Welt lächelte. »Ich verstehe sehr gut. Jano hat Lichtina deine Verlobte genannt und du bist nun unsicher.«

Barthamiel blickte auf.

Goldulak holte tief Luft und sagte dann: »Ich liebe Hannele. Sie ist für mich das Wunderbarste, was es auf der Welt gibt. Ich wusste, dass sie mich mag, aber ich dachte lange Zeit, dass sie zu gut für mich sei. Wer würde schon den hässlichsten Mann auf der Welt wollen? Wer würde schon gerne sein Leben mit so einer Kreatur wie mir verbringen wollen?«

Der junge Bartriese machte ein verblüfftes Gesicht.

»Aber du bist etwas Besonderes. Du bist klug und weise, du kannst wunderbar erzählen und …«

»Ich bin hässlich!«, ergänzte Goldulak den Satz. »Ich dachte, Hannele würde auf Dauer meine Hässlichkeit nicht ertragen.« Dann lachte er. »Aber dann hat sie mir gründlich den Kopf gewaschen. Ich sagte ihr vor einigen Wochen, ich würde sie freigeben und sie solle mit einem normalen Mann glücklich werden. Sie fauchte mich an wie ein wildes Tier. Ob ich wohl verrückt geworden sei, fragte sie mich außer sich. Sie liebe mich genauso wie das Kostbarste, was sie habe, ihr Lachen, versicherte sie mir. Und dann fauchte sie wieder, warum ich das mit meinem klaren Verstand nicht erkannt hätte. Mit keinem anderen als mir wolle sie alt werden und damit basta. In dem Moment ging ich auf die Knie und bat sie, meine Frau zu werden.«

Barthamiel hatte mit offenem Mund gelauscht. »Aber ich weiß nicht, ob Lichtina mich wirklich will. Sie ist so zart und wunderschön und ich bin ein grober Klotz. Und außerdem ist es Jahrhunderte her, dass ein Bartriese eine Staubelfe geheiratet hat. Wo werden wir wohnen, wenn sie mich wirklich heiraten würde? Was kann ich ihr schon bieten? Ich habe Angst, sie zu fragen. Was mache ich, wenn sie nein sagt?«

»Hast du mir nicht zugehört?« Goldulak schüttelte den Kopf. »Lichtina liebt dich. Euer Kuss, der dich wieder sehend machte und ihr die Sprache zurückgab, hätte er eine Wirkung gehabt, wenn nicht die Liebe auf beiden Seiten gleich stark gewesen wäre?«

Barthamiel lächelte schon wieder ein bisschen. »So muss es wohl gewesen sein.«

»Warum also zweifelst du jetzt?«

136

»Weil ich ein Trottel und ein Angsthase bin«, lachte der Bartriese erleichtert.

Goldulak stimmte in das Lachen mit ein. »Bestimmt wartet sie schon sehnsüchtig darauf, dass du sie endlich fragst.«

Barthamiel strahlte, dann fasste er in sein Wams und zog den Ring hervor, den er einst von Philine zum Dank geschenkt bekommen hatte. »Was hältst du von einer Doppelhochzeit, Goldulak?«

Es wurde das größte und fröhlichste Fest, das die Staubelfen und die Bartriesen je gefeiert hatten. Goldulak und Hannele sowie Barthamiel und Lichtina heirateten.

Die Zirkusleute zeigten ihre besten und neuesten Kunststücke. Alle Freunde waren zum Fest geblieben. Agi und Mati hatten die ganze Familie Schuhlos anreisen lassen. Stine und ihr Mann waren gekommen und Alberich, der Schmied, stimmte lustige Lieder an, die so schief klangen und so fröhlich waren, dass kein Auge trocken blieb. Prinz Jano und Alisan fühlten sich ohne ihren Hofstaat wohl wie schon lange nicht mehr und luden alle neuen Freunde zum Sommerfest in ihr Schloss ein. Marisol kam durch den Fluss, um der Zeremonie beizuwohnen, und brachte den beiden Bräuten je eine wunderbare Perlenkette als Geschenk mit.

Die Bartriesen und die Staubelfen lachten und tanzen zusammen, drei Tage und drei Nächte lang.

* * *

Völlig übermüdet, aber glücklich, schmiegte sich Lichtina am Abend des dritten Tages an ihren Mann.

Barthamiel fühlte sich, als würde er platzen vor Glück und Stolz. »Die Liebe besiegt alles«, murmelte er die Worte, die er am roten Fluss vor fast einem Jahr zu seiner Lichtina gesagt hatte.

»Ich liebe dich«, flüsterte die junge Staubelfe mit ihrer süßen Stimme und schlief lächelnd ein.

Und wenn sie nicht gestorben sind, dann leben sie noch heute glücklich und zufrieden. Denn wer weiß schon, wie alt Staubelfen und Bartriesen werden können, wenn sie die wahre Liebe gefunden haben?

– Ende –

Sabine Kohlert,

Die Autorin wurde 1970 in Nürnberg geboren. Mit ihrem Mann und den zwei Kindern lebt sie heute in Erlangen.

Nach der Arbeit als Sozialpädagogin hat sie sich ihrer Leidenschaft, dem Schreiben, zugewandt. *»Das Schreiben ist mein Fluss, der mich trägt, der mich mitreißt und auf dem ich mich treiben lassen kann.«*

Über fünfzig Veröffentlichungen von Lyrik und Prosatexten in Anthologien, Schreibwettbewerben und Zeitschriften kann sie derzeit vorweisen.

Ihr erster Roman »Jule und ein Herz voll Licht«, eine Auftragsarbeit von »Tussnat Pictures«, wurde im September 2016 veröffentlicht und als Entertainmentshow »Stadtschatten« erfolgreich in Plettenberg uraufgeführt.

Ihre zweite Auftragsarbeit, »Die wundersame Suche des Jared αZ-2704« kommt 2019 in den Handel.

Seit Dezember 2017 schreibt sie für das erste Märcheneiscafé Deutschlands die Monats-Märchen und führt die Geschichten im Hintergrund zu einem weiteren Roman zusammen.

Ihr dritter Roman »Der rote Fluss« wurde vom Kelebek Verlag unter Vertrag genommen.

Website: www.sabinekohlert.de

facebook: www.facebook.com/Kohlert.Sabine